치유
일기

# 치유 일기

― 무너진 삶을 다시 세우는 9년의 이야기

박은봉 지음

2020년 11월 23일 초판 1쇄 발행
2020년 12월 28일 초판 2쇄 발행

펴낸이 한철희 | 펴낸곳 돌베개 | 등록 1979년 8월 25일 제406-2003-000018호
주소 (10881) 경기도 파주시 회동길 77-20 (문발동)
전화 (031) 955-5020 | 팩스 (031) 955-5050
홈페이지 www.dolbegae.co.kr | 전자우편 book@dolbegae.co.kr
블로그 imdol79.blog.me | 트위터 @Dolbegae79 | 페이스북 /dolbegae

주간 송승호 | 편집 권영민
표지디자인 민진기 | 본문디자인 민진기·이연경
마케팅 심찬식·고운성·한광재 | 제작·관리 윤국중·이수민·한누리
인쇄·제본 상지사 P&B

ISBN  978-89-7199-407-8 (03810)

이 도서의 국립중앙도서관 출판예정도서목록(CIP)은 서지정보유통지원시스템 홈페이지
(http://seoji.nl.go.kr)와 국가자료공동목록시스템(http://www.nl.go.kr/kolisnet)에서
이용하실 수 있습니다.(CIP제어번호: CIP2020046513)

# 치유 일기

무너진 삶을 다시 세우는 9년의 이야기

박은봉 지음

돌베개

박은봉 작가의 『치유 일기』는 저자가 경험했던 우울의 극복 과정을 이야기하는 책이다. 버티고 이겨 내는 과정이 아니라 아픔에 마음이 열리는 과정에 초점을 두고, 따뜻한 시각으로 그려 나간다. 마치 조용한 찻집에서 담담하게 말해 주듯이 부드럽고 시적인 어조로 자신의 경험을 묘사한다. 이야기를 따라가다 보면, 독자는 어느덧 저자의 내면을 함께 여행하고 있는 자신을 발견할 것이다. 그리고 병을 다룰 수 있다는 희망을 느끼게 될 것이다.

"첫 번째 화살은 어쩔 수 없을지라도 두 번째 화살은 피할 수 있다. 나는 두 번째 화살을 피하는 연습을 하고 있다."(본문 중에서)

글쓰기, 걷기, 대화하기에서 명상, 호흡, mindfulness에 이르기까지 치유의 핵심 요소들이 이 책에 담겨 있다. 과거에 얽매이지 않고 현재에 집중하며 얻은 통찰이 생생하게 전달된다. 결국 『치유 일기』는 지금 이 순간을 온전히 사는 법을 배우게 하는 책이다. 지금 이 순간을 살아감으로써 마음에 불안과 공포, 분노와 같은 부정적인 감정이 활동할 공간을 좁히고 감사와 열린 마음으로 순간을 채우는 법을 가르쳐 준다.

−문진건, 동방문화대학원대학교 상담심리전공 교수

우리는 행복하기 위해 이 땅에 태어났을까? 사고, 질병, 이별, 죽음, 배신

등의 불행 역시 모두 다 삶의 여러 풍경이니 답은 각자 자신에게 달렸을 거다.

은봉 샘의 지난했던 치유 과정을 알기에 이따금 숨을 고르면서 이 책을 읽어야 했다. 늘 조용한 미소에 필요한 말만 하는 사람이라 미루어 짐작만 했을 뿐 본인이 말하지 않으니 어찌 알았으랴.

바닥을 치고 올라오는 은봉 샘의 내면의 힘은 놀라웠다. 자신이 왜 이런지 원망하고 한탄하는 대신 명상 공부를 하고 걷기 수행을 하며 치유 일기를 써 나갔다. 분노를 가면 뒤에 숨기는 대신 우울의 포장을 찢어 버리고 영적인 성장의 길로 나아갔다. 고통 앞에 홀로 맞서서 외로움과 침묵 대신 내적 변화를 이끌어 내어 자기 사랑을 되찾았다. 분노는 한강의 물기운으로 흘려 버리고, 차갑고 끈끈한 우울의 손은 햇볕을 쪼여 날려 버렸다.

결국 은봉 샘을 붙잡은 것은 자기 안의 불씨와 지혜와 용기! 이제 우리, 은봉 샘과 함께 잘 웃고 놉시다. '지구별 여행자'로서 스스로 행복해지기를.

−이유명호, 한의사, 『안녕, 나의 자궁』 저자


고통의 곁에 오래 머문 사람들을 만날 때, 그 초연한 눈빛에 용기를 얻었다. 9년이라는 긴 시간 우울과 불안의 터널을 뚫고 나온 박은봉 작가는 "행복은 깔깔거리는 웃음이 아니라 조용히 짓는 미소 같은 것"이라고 말한다. 누군가의 고백이 힘이 되었기에 자신의 치유 일기를 기꺼이 세상에 내놓은 작가에게 각별한 감사를 전하고 싶다. 이 글들은 작가를 살게 했고, 어쩌면 또 다른 누군가를 살게 할 것이다.

−엄지혜, 채널예스 기자, 『태도의 말들』 저자

# 차례

프롤로그      009

1장     **오십. 모든 것을 잃었다**     013
첫 번째 치유 일기     052

2장     **쉼 없이 걸어온 날들의 초상**     055
두 번째 치유 일기     072

3장     **강변의 갈대와 밤하늘의 비행기 불빛**     081
세 번째 치유 일기     096

4장     **자기 자신에게로 돌아오는 길**     105
네 번째 치유 일기     124

5장     내 마음 밭의 외로움 씨앗     129

다섯 번째 치유 일기     142


6장     떠나가는 것은 지켜볼 뿐     155

여섯 번째 치유 일기     173


7장     이제는 가야 할 때     179


에필로그     190


추천의 말     004

작가의 말     193

참고문헌     196

2011. 11. 8. 화.

밤 다음에는 외로움이라 했다
사실이로구나.
밤글 너머하고 있다. 외로움이.

때로는 한순간에 삶 전체가 무너지기도 한다. 내가 그랬다.

    이 책은 어느 날 한순간에 삶 전체가 무너진 사람이 그것을 재건하는 이야기다. 무너지는 건 순간이었지만 다시 세우는 데는 오랜 시간이 걸렸다.

    9년이라는 그 시간은 정신과 치료, 심리상담, 요가, 운동, 걷기, 심리학 공부, 명상, 치유 프로그램, 그리고 내과부터 산부인과, 안과, 치과, 피부과에 이르기까지 갖가지 병치레로 꽉 찬 시간들이었다. 할 수 있는 것은 다 했다고 할까.

    나는 역사학도이자 작가로서 지난 30여 년 동안 역사를 공부하고 역사책을 써 왔다. 그런 내가 역사 아닌 나 자신의 이야기를 쓰는 데는 적잖은 망설임이 있었다. 일기장에 쓰면 될 이야기를 굳이 책으로 낼 필요가 있을까, 스스로를 납득시킬 이유가 있어야 했다.

그런데 분명 이유는 있었다. 삶을 재건하는 9년이란 시간 동안 내게 큰 도움을 준 것은 나처럼 마음의 고통을 겪었거나 겪고 있는 다른 사람들의 이야기였다. 그들의 이야기를 읽고 들으며 내가 느낀 것은 두 가지, 위안과 희망이었다.

나만 이런 게 아니구나, 내가 유별나게 이상한 사람이거나 모자라서 이러는 게 아니구나 하는 위안, 그건 정말 큰 위로였다. 그리고 나도 이들처럼 나을 수 있지 않을까 하는 생각은 깜깜한 터널 속 저 멀리 보이는 한 점 빛과 같았다. 그것이야말로 포기하지 않고 질기게 버틸 수 있었던 이유인지도 모르겠다. 언젠가 반드시 저 빛 속으로 나갈 수 있으리라는 희망.

지금 이 순간 혹독한 마음의 고통을 겪고 있는 누군가에게 나의 이야기가 작은 위안과 희망이 될 수 있다면 내가 받은 도움을 되갚는 일이 되지 않을까. 그것이 바로 부끄러움과 망설임을 무릅쓰고 이 책을 쓰는 이유이다. 고통의 원인은 사람마다 다르지만 고통 자체는 다르지 않다고 생각한다. 누군가 이겨 냈으면 당신도 이겨 낼 수 있는 거라고 말해 주고 싶다.

또 다른 이유도 있다. 나는 글을 쓰지 못하게 된 지 오래였다. 이 책은 마음의 고통에 압도되어 아무것도 쓸 수 없었던 내가 작가로 다시 서기를 하는 출발점이라고 할 수 있다. 어디서부터 시작해야 할지 도무지 알 수 없었는데, 여기서부터 해야 할 것 같았다.

나의 이야기는 어느 날 갑자기 닥친 한 사건 앞에서 몸과 마음이 무너진 날로부터 시작된다.

다이어리를 샀다.

이것을 다 쓸 수 없을 때,

내 그동도 끝나 있기를.

2011. 6. 19. 아

새벽 안양.

오십.
모든
것을
잃었다

그날
이후

심장이 쿵쿵 뛰는 소리가 머리까지 울렸다. 온몸이 울리고 머릿
속이 울려서 금방이라도 터져 버릴 것만 같았다.

　지하철을 타려다가 열차가 들어서는 순간 돌아서 나왔다.
평소에는 아무렇지 않던 지하가 숨 막힐 듯 답답하고 어둡게 느
껴져서 몇십 분을 열차 안에 있을 자신이 없었다. 땅 위로 올라
와 쏟아지는 희고 따뜻한 햇살 속을 걸었다. 가슴 한가운데 단
단한 덩어리가 맺혀 있는 것 같았다.

　분노가 치밀어 올랐다가 순간 견딜 수 없이 불안해지고, 그
다음 순간에는 미쳐 버릴 것 같은 두려움과 외로움이 일었다.
몇 번이고 쓰러질 뻔했다. 길가 벤치에 앉아 오가는 사람들을
멍하니 바라보았다. 그렇게 몇 시간을 보냈다. 가까스로 버틴 하

루였다.

그날 이후, 나는 잠을 잘 수 없었다. 두어 시간 자다 깨기를 반복하며 아침을 맞곤 했다. 눈을 감으면 온갖 생각과 장면이 떠올라 눈을 감을 수가 없었다. 심장은 종일 미친 듯이 쿵쾅거렸다. 내 심장 소리가 그렇게 큰 줄을 예전엔 미처 알지 못했다.

온몸이 저리고 아팠다. 날카로운 바늘로 건드리는 것 같은 예리한 통증이 전신에서 느껴졌다. 답답하고 숨이 막히는 기분이 드는가 하면 몸과 마음이 터질 듯 무거웠다. 금방 지쳐 버리기 때문에 아무와도 30분 이상 대화할 수가 없었다. 그리고 시도 때도 없이 뱃속에서 스멀스멀 불안감이 올라왔다. 정체 모를 불안감. 미세하게 살이 떨리는 불안감. 그럴 때면 어쩔 바를 모르고 허둥거렸다.

3주가 지난 어느 저녁, 식탁에서 물컵을 쏟았다. 손이 떨고 있었다. 손뿐이 아니었다. 몸 전체가 가늘게 쉼 없이 떨리고 있었다. 처음엔 안 좋은 생각을 할 때 심장의 두근거림에 뒤이어 떨림이 찾아왔지만, 이젠 가만있어도 온몸의 떨림이 느껴졌다. 그리고 그 미세한 떨림은 불시에 강렬한 경련이 되어 분출했다. 마치 화산처럼. 그런 발작 같은 경련 증상이 하루에 서너 번씩 일어났다.

심장과 신경 전체, 근육 전체가 보이지 않게 떨린다.

그러다가 어느 순간 마치 발작처럼 치밀어 오른다. 문득
불안감을 느끼거나, 감정선이 어떤 이유에서든 흔들렸을
때, 저 밑에서부터 뱃속에서부터 떨림이 분출해서
온몸이, 손이 부들부들 떨리고 진땀이 나고 눈물이
솟구친다. 의지로 제어할 수가 없다.

(2010. 10. 9. 일기)

그랬다. 의지로 제어가 안 되었다. 나는 점점 더 나락으로
떨어지고 있었다. 대책이 필요했다.


### 내 발로 찾아간
### 심리상담소

인터넷에서 심리상담소를 검색했다. 찾는 조건은 간단했다. 가
까울 것. 서울의 서쪽에 살고 있던 나는 심리상담소들이 주로
자리 잡은 강남까지는 도저히 갈 기력이 없었다. 그리고 여성일
것. 이왕이면 나와 비슷한 나이의 여성이면 좋겠다 싶었다. 그래
야 쉽게 내 이야기를 꺼낼 수 있을 것 같았다.

그렇게 찾아간 심리상담소는 아담하고 조용하고 정갈했다.
상담자와 마주 앉았을 때 내가 무슨 말을 했는지는 기억나지 않
는다. 그런데 몇 마디 이야기가 오간 뒤, 문득 상담 선생님이 자

신의 말소리가 잘 들리느냐고 물었다. 사실, 잘 들리지 않았다.

"아니요. 목욕탕에서 왕왕 울리는 소리 같아요."

상담자의 말소리뿐 아니라 주변의 모든 소리들이 다 멀고 아득하게 울려오고 있었다.

몇 가지 심리검사를 했다. 마음에 대해서도 몸처럼 검사를 할 수 있다는 것을 처음 알았으며, 그것이 MMPI(Minnesota Multiphasic Personality Inventory, 미네소타 다면적 인성검사), SCT(Sentence Completion Test, 문장완성검사), HTP(House-Tree-Person Test, 집-나무-사람 검사)라는 대표적인 심리검사라는 것을 안 것은 나중에 심리학 공부를 하면서였다.

다음에 만날 약속을 잡고, 과제를 받았다. 과제는 일지 쓰기였다. 잠과 식사, 햇볕 쬐기, 그날 있었던 일에 대해 짧아도 좋으니 매일 쓰라고 했다. 일지를 쓰기 위해서라도 밥을 챙겨 먹고 햇볕을 쬐고 잠을 자라는 거로구나. 집으로 돌아와 그날 밤 쓴 일지는 이러했다.

잠: 11시경 누웠으나 새벽 3시까지 잠들지 못하다가 문득 깨어 보니 4시 30분. 다시 뒤척이다 7시 무렵부터 8시까지 잔 듯. 머리가 멍하다.

식사: 점심—미역국, 주먹밥

　　　저녁—떡만둣국

> 햇볕 쬐기: 희고 따뜻한 햇살 밑에서 한 시간 앉아 있었다.
> 심장이 뛰고 온몸이 떨리는 증상 (…) 기운이 없고 쓰러질
> 것만 같아 입술을 꼭 깨물었다.
>
> (2010. 9. 30. 일기)

일주일 뒤 나는 상담소를 다시 찾았고, 앞으로 주 2회, 회당 두 시간씩 상담을 하기로 했다. 대개는 주 1회, 회당 한 시간(정확히는 50분) 하는 것이 보통이지만 나의 상태로 보아 그렇게 하는 것이 바람직해 보인다고 했다. 그러면서 선생님은 뜻밖의 제안을 했다.

"정신과 병원에 가서 약물치료를 받으시는 게 어떻겠습니까?"

나는 머뭇거리다 대답했다.

"저, 약 먹기 싫어서 여기 온 건데요."

그랬다. 정신과 병원과 달리 심리상담소는 약 처방을 하지 않는다는 것을 알고 있었던 나는 어떻게든 약만큼은 먹고 싶지 않았다. 정확히 표현하자면, 정신과 약 먹는 사람이 되고 싶지 않았다고 해야 할 것이다. 그래서 병원이 아닌 상담소를 제 발로 찾았던 것이다. 그러나 상담 선생님은 심리검사 결과를 보여 주며 우울과 불안이 상당히 높고 신체증상이 심한 편이므로 현재 상태로 볼 때 상담만 받는 것보다는 약물치료와 병행하면 효과

가 좋을 것이라고 권했다.

그러나 상담 선생님의 권유에도 불구하고 정신과 병원을 찾은 것은 그로부터 약 한 달이 더 지나서였다. 혹시 좋아질지도 몰라, 그럼 약 안 먹어도 되잖아, 하는 바람이 나를 계속 붙들었기 때문이었다.


정신과 병원:
불안증과 우울증이라고

바람과는 달리 나의 상태는 여전했다. 아니, 점점 더 나빠지고 있었다. 밤엔 잠을 못 자고, 얼핏 잠들었다가도 가위에 눌리기 일쑤였으며, 온몸의 떨림과 통증, 그리고 발작 같은 경련이 갈수록 심해졌다. 30분 이상 대화하면 기진맥진해졌으며 책을 읽을 수 없었다.

슬픔과 분노, 억울함과 외로움, 상실감과 불안이 종일 마음속에서 폭풍처럼 휘몰아쳤다. 그리고 심장을 칼로 도려내는 것처럼 가슴이 아팠다. 더 이상 이렇게 살 수는 없다고 생각한 날, 예전에 가끔 다니던 종합병원에 예약을 했다.

정신과는 4층에 있었다. 레지던트로 보이는 젊은 의사가 내 이름을 부르더니, 처음 온 환자는 예비문진을 해야 한다며 작은 방으로 데리고 들어갔다. 그는 찾아온 이유와 증상에 대해 묻고 기록했다. 그런 다음 진료실 앞에서 기다리라고 했다.

진료실 앞에는 예닐곱 명이 앉아 있었다. 의외로 나이 든 사람이 대부분이었다. 칠십대로 보이는 여자 환자들이었다. 환자라서 그럴까. 표정이 없거나 있어도 침울한, 윤기라곤 없이 누렇게 바싹 마른 얼굴들. 내 얼굴도 다르지 않았다. 나중에 알게 되었지만 오랫동안 통원 치료를 하고 있는 사람들로서 시간이 흐르면서 그중 몇 사람과는 낯이 익어 눈인사 나누는 사이가 되었다.

내 차례가 되어 만난 의사는 예비문진 기록을 훑어보고 몇 가지 질문을 던진 뒤, 말했다.

"불안증입니다. 우울증을 동반한."

그렇구나. 불안증과 우울증.

"약을 드셔야 합니다."

"……"

의사는 나의 저어함을 눈치챈 듯 웃으며 물었다.

"약 먹기가 두려우세요?"

"감기약만 먹어도 허공에 붕 뜬 것처럼 몽롱해지거든요."

"그럼 아주 약하게 시작해 봅시다. 반 알부터. 상태를 봐 가며 차차 늘리기로 하지요. 일주일 뒤에 오세요."

진료는 금방 끝났다. 심리상담소처럼 50분씩 이야기하지 않는다. 이렇게 시작된 약물치료와 심리상담은 그 후 나의 일상이 되었다.

33층
창문

새로 이사한 사무실은 33층 엘리베이터에서 내려 좁은 복도를
따라가면 맨 끝에 자리한 모퉁이 방이었다. 사면 중 두 면이 유
리창인 그 방에서는 멀리 산이 보였다. 봉긋하게 솟아오른 봉우
리 모양의 그 나지막한 산 너머 어디쯤에 비행장이 있다는 것을
안 것은 저녁노을 속으로 마치 무성영화의 한 장면처럼 소리 없
이 하강하는 비행기를 보았을 때였다. 피처럼 붉은 노을 속으로
서서히 고도를 낮추며 내려가다가 문득 산 뒤편으로 사라지는
비행기. 나는 저녁이면 그 광경을 지켜보곤 했다.

그 방에 있는 것은 책이 가득 꽂힌 책장 수십 개와 한가운
데 놓인 나의 책상뿐이었다. 다른 것은 아무것도 없고, 다른 사
람도 없었다. 오랫동안 지켜 오던 일상은 사라지고 나에겐 일상
이 없었다. 매일 밤 내일 무얼 할 건지 정해야 했고, 새로운 일상
을 만들어 가야 했다. 그런데 바로 그때, 심신이 무너져 버린 것
이다.

잃어버렸다. 길을 잃어버렸다. 왜 여기 나와 있는지 처음
시작을 잃어버렸다. (…) 여기서 뭘 할 수 있는 건지, 뭘
해야 하는지 모르고 그저 멍하니 앉아 있다.

이러면 안 되는데, 하면서 아무것도 할 수가 없다.

(2010. 9. 14. 일기)

사라진 것은 일상만이 아니었다. 그 일상 속에서 형성된 인간관계들과도 완전히 단절되었다. 마치 처음부터 존재하지 않았던 것처럼 일시에 사라져 버렸다. 뿐만 아니라 유일한 가족인 C는 멀리 타지에 가 있었기 때문에 내게는 곁에서 지지해 줄 가족도 없었다. 일상도 가족도 없고 기존의 인간관계와도 단절된, 그야말로 황량한 허허벌판에 홀로 서 있는 꼴이었다.

평생 일군 것을 거둘 나이에 나는 모든 것을 잃었다.

오십. 한평생을 정리하고 거둘 나이.
나는 그 나이에 모든 것을 잃었다.
철저히 박살이 났다.

(2011. 7. 2. 일기)

병원에 간 날, 의사 선생님에게 말했다.
"우울하고 슬프고 화가 나요."
"그렇다고 죽으면 안 돼요."
나는 눈을 동그랗게 떴다. 죽는다는 말을 그렇게 갑자기 불쑥 하다니, 깊이 감춰 둔 내 속마음을 들킨 것만 같았다. 선생님은 미소 지으며 말을 이었다.

"고지가 저긴데 여기서 죽으면 억울하잖아요."

나도 따라 웃었다.

"그렇지요."

"일주일 뒤에 오세요."

사실, 매일 밤 죽음을 생각하고 있었다. 내일 눈뜨면 또 오늘처럼 아플 텐데, 이 아픔을 끝내는 건 죽음밖에 없지 않나 싶었다. 33층 창문 앞에 다가서서 밑을 내려다보기도 여러 번. 피눈물 같은 붉은 노을을 하염없이 바라보며 몸과 마음을 떨 때면 이 고통에 마침표를 찍고 싶다는 생각이 간절했다.

그런데 그럴 때마다 내 안의 무엇인가가 나를 붙잡았다. 아니, 아니라고. 이 글을 쓰는 지금, 진심으로 감사한다. 그때 나를 붙잡아 준 내 안의 무엇에게.


처음 약을
먹던 날

손바닥에 알약을 올려놓고 한참 동안 물끄러미 바라보았다. 어쩌다 이 꼴이 되었을까. 서글프고 참담했다. 도대체 내가 뭘 잘못했기에 이런 고통을 겪어야 하나 싶었다.

나는 약을 먹는 것에 대해 상당한 거부감과 자괴감을 느끼고 있었다. 아마도 정신과 약에 대한 세간의 선입견을 나 또한 갖고 있었으며, 부작용에 대한 두려움이 컸기 때문이었을 것이다. 그렇지만 달리 어떻게 할 방법이 없었다. 몸 아프면 병원 가서 치료받고 약 먹듯이 마음 아픈 것도 다를 바 없는 거야, 라고 스스로를 달래면서 약을 털어 넣고 물을 꿀꺽 삼켰다. 아무것도 생각하고 싶지 않고 아무도 원망하고 싶지 않았다. 그저 내 한 몸 온전하게 다시 살 수 있는 길만 생각하기로 했다.

온종일 졸았다. 차에서 졸고 의자에 앉은 채로 깜빡 졸고 틈만 나면 졸았다. 그렇지만 몸이 쑤시고 저린 건 훨씬 덜한 것 같았다. 증상이 없어진 게 아니라 약 기운에 못 느끼는 거 아닐까 싶었다. 자기 전에 또 먹어야 하는데, 겁이 났다. 정신을 못 차릴까 봐.

일주일 뒤, 의사 선생님과 마주 앉았을 때 나는 물었다.

"처음 며칠은 몸 아픈 증상이 줄어드는 것 같았는데 엊그제부터는 약 먹기 전처럼 도로 몸이 아프고 전신이 떨리고 심장이 두근거려요. 왜 그런가요?"

의사 선생님은 약에 적응이 되면서 몽롱한 기운이 줄고, 그 대신에 줄어든 것 같았던 통증이 도로 느껴지는 거라고, 한마디로 제대로 가고 있는 거라고 답했다. 그러면서 약 처방을 새로 내주었다. 반 알에서 한 알씩으로 용량이 증가되었다. 잠 못 잘 때 먹으라고 빨간색 알약도 주었다. 수면제인 것 같았다.

다시 일주일 뒤. 이번엔 하루 두 번에서 세 번 복용으로 횟수가 늘어났다. 점심때 한 번 더 먹는 것이다. 그리고 다음 주까지만 매주 오고 그다음부터는 2주에 한 번씩 오라고 했다.

처방전을 가방에 쑤셔 넣고 병원을 나설 때가 가장 우울했다. 횡단보도를 건너면 약국들이 줄지어 서 있었다. 나는 일말의 망설임도 없이 첫 번째 약국으로 들어갔다. 이것저것 생각하고 싶지 않았다. 처방전을 건네고 한참을 기다렸다. 아픈 사람이 많기도 했다.

"이건 아침, 점심 식사 후에, 이건 자기 전에. 약봉지에 적혀 있으니 바뀌지 않도록 확인해서 드세요. 그리고 빨간 약은 필요할 때 드시면 돼요."

흰 가운을 입은 약사는 친절하게 약봉지를 일일이 짚어 가며 설명해 주었다.

33층 내 방으로 돌아왔다. 조용하다 못해 고요한 방. 갑자기 눈물이 솟구쳤다. 엉엉 소리 내어 울었다. 아무도 없으니 엉엉 울어도 되었다.

이렇게 반 알로 시작한 약은 점점 용량이 늘고 종류가 추가되어 마침내 한 번에 서너 알씩 하루 세 번으로 늘어났다. 약이 늘어나면서 졸음과 몽롱함도 늘어 갔다. 마치 나의 뇌가 깊고 어두운 잠 속으로 한 걸음 두 걸음 빠져 들어가는 것 같았다.

하루 종일 잤다.

약 먹고 자고, 밥 먹고 약 먹고 또 자고, 저녁 8시에 잠깐

일어나 앉아 있다가 11시 반부터 또 자고.

추가된 약은 항경련제. (⋯) 수면제 효과도 있다.

그래서일까, 아침마다 하는 경련이 없었다. 잠도 잘 잤다.

아무 생각 없이. 그저 잠만.

(2010. 11. 11. 일기)

갈수록 멍해지고 몽롱해지는데 (⋯) 약은 자꾸 늘어

가는데, 왜 팔 저림은 여전한 거지?

두 팔이 저릿저릿하다.

가만있어도 눈꺼풀이 내리 감기는 기분이다.

머리는 무겁고 어깨는 나른하고 눈은 졸리고……

(2010. 11. 12. 일기)

약을 복용하면서 몸의 떨림과 통증, 경련은 상당히 줄어들었다. 특히 아침마다 하던 경련은 거의 사그라들었다. 그런데 그와 반대로 아무것도 할 수 없는 무력감이 갈수록 커져 갔다.

너무나 무력하다.

뭘 하고 싶지도 않다.

그저 멍하니 있을 뿐.

(2010. 11. 23. 일기)


오전에 일어나 침대에 앉아 엉엉 울었다.

눈물이 후드득 떨어졌다.

지난 세월이 다 헛거 같아서.

(2010. 11. 25. 일기)


무력감을 떨치려고 나는 매일 33층 방으로 출근을 했다. 비록 아무것도 할 수 없을지라도 책상 앞에 앉아 컴퓨터를 켰다.


그냥 집에 드러눕고만 싶지만

입술을 꼭 깨물고 일어나 출근을 한다.

안 그러면 영영 추락할 것만 같아서.

이 의지마저 놓치게 되면 어쩌나 두렵다.

이 의지마저 놓아 버리게 되면 나는 영원히 늪 속으로

가라앉을 텐데.

매순간 싸우고 있다. 나 자신과.

(2010. 10. 26. 일기)


해가 바뀌어 봄이 되었을 때, 드디어 약을 줄이게 되었다.

처음 시작할 때처럼 이번에도 단계적으로 차츰 줄여 나갔다. 먼저 점심 약을 끊고, 이어 아침 약이 줄더니 마침내 하루 한 알만 남았다. 출발점으로 돌아온 것이다.

그리고 두 달 뒤.

"이제 그만 드셔도 되겠습니다."

마지막으로 병원을 찾은 날, 의사 선생님은 웃으며 말했다. 인사를 하고 진료실을 나서는데 코가 시큰했다.

병원 밖에는 뜨거운 태양이 중천에 떠 있었다. 매번 들어가던 횡단보도 건너 첫 번째 약국을 그대로 지나쳐 앞으로 계속 걸었다. 여름이 끝나고 가을이 다시 오고 있었다.


한 줄도
읽을 수 없다

내 방에는 수천 권의 책이 있다. 어림잡아 9천 권 남짓 될까. 거의 전부가 역사책이다. 30년 전 처음 역사책을 쓸 때 구입했던 한국사 개론서부터 최근에 나온 신간까지 있으니, 이 책들은 작가로서 내 인생의 동반자라고 해도 과언이 아닐 것이다.

이사할 때면 짐 나르는 사람들은 이 책들을 일일이 박스에 담았다가 새집에 도착해서는 도로 책장에 꽂느라 곤욕을 치른다. 쌓여 가는 책 때문에 갈수록 공간도 부족하다. 그렇지만 한 권의 역사책을 쓰기 위해서는 수십, 수백 배에 이르는 다른 책과 논문을 읽어야 하므로 내 방의 책은 늘어나면 늘어났지 줄어들진 않는다. 작가에게 읽고 생각하고 쓰는 것은 창작에 필수불가결한 일이다.

그런데 이 필수불가결한 일을 전혀 할 수가 없었다. 금방 지쳐 버리기 때문에 읽을 수가 없었던 것이다. 책을 펼치면 글자들이 멀어졌다 가까워졌다 춤을 추고, 머리가 멍했다. 읽기가 어려우니 쓸 수 없는 건 너무도 당연했다.

더 당황스러운 것은 그 많은 역사책이 내 마음에 휘몰아치고 있는 고통에 전혀 도움이 되지 않는다는 사실이었다. 책장의 맨 위 칸부터 아래 칸까지 살펴봐도 내 심리적 고통과는 아무 관련이 없어 보였으며 도무지 눈에 들어오지 않았다. 그 많은 역사책을 나는 한 줄도 읽을 수가 없었다.

읽을 수 있는 것을 찾다가 책장 한구석에 숨듯이 꽂혀 있는 작은 책을 발견했다. 불치병에 걸려 죽어 가는 교수와 제자가 나누는 대화. 죽음, 인생, 사랑, 결혼, 용서 등 삶의 주요 주제에 대한 성찰을 담은 책이었다. 교수는 어느 시인의 시 구절이라면서 제자에게 이렇게 말한다.

"서로 사랑하지 않으면 멸망하리."[1]
—미치 앨봄,『모리와 함께한 화요일』

200쪽이 좀 넘는 이 책을 읽는 데 꼬박 일주일이 걸렸다. 예전 같으면 하루면 충분했을 텐데 10분 읽고 쉬고, 또 읽다가 쉬고 그렇게밖엔 할 수 없었다.

다른 방법을 찾기로 했다. 읽기도 어렵고 쓰기는 더더구나 어렵다면 할 수 있는 게 무얼까. 그래서 생각해 낸 것이 남의 글 옮겨 쓰기였다. 그냥 무심히 한 자 한 자 옮겨 쓰는 것은 할 수 있을 것 같았다. 서가를 살피다가 신영복의 『더불어숲』(중앙 M&B, 1998; 돌베개, 2015)을 발견했다. 오랜 수감 생활을 마치고 나온 저자의 세계 여행기로서 정갈한 문장과 삶에 대한 통찰이 아름다운 글이다.

첫 번째 장을 옮겼다. 직접 필사를 하는 것이 좋겠지만 손이 떨려서 그럴 수가 없었다. 대신에 컴퓨터 자판을 천천히 한 자씩 또박또박 눌러 가며 옮겨 적었다. 마치 옛날 기계식 타자기를 치는 것처럼.

첫 번째 장은 스페인의 우엘바 항구와 그 항구에서 출발하여 아메리카 대륙에 도착한 콜럼버스 이야기다. 여행자의 눈은 그라나다와 알람브라궁전으로 옮겨 간다. 그리고 모차르트의 오페라 《피가로의 결혼》, 로시니의 《세비야의 이발사》, 비제의 《카르멘》의 무대였던 세비야에 대해 말한다.

책에는 나오지 않지만 스페인에는 아랑후에스라는 궁전도 있다. 알람브라가 이베리아반도에 존재한 마지막 아랍 왕국 그라나다의 궁전으로서 아랍 문화의 정수를 보여 준다면, 아랑후에스는 영국 엘리자베스 여왕과 해상권을 놓고 격돌한 스페인 무적함대의 수장 펠리페 2세 때 건설되기 시작한 것으로서 유럽 문화의 대작이라고 할 수 있다.

알람브라의 아름다움은 타레가의 기타 곡 〈알람브라궁전의 추억〉으로 오늘날까지 전해지고, 아랑후에스는 로드리고의 기타 협주곡으로 우리에게 알려져 있다. 클래식을 즐기지 않는 사람이라도 한 번쯤은 들어 봤을 익숙한 멜로디의 《아랑후에스 협주곡》은 스페인과 스페인의 악기 기타를 사랑한 로드리고의 대표작이다.

그런데 로드리고는 앞을 보지 못하는 작곡가였다. 세 살 때 디프테리아를 앓은 뒤 시력을 잃은 그는 점자로 음악을 공부하고 피아노와 바이올린을 배웠으며, 작곡도 점자 타이프로 했다. 그의 음악은 세상을 볼 수 없는 가운데 나온 것이었다.

청력을 잃어 들을 수 없었던 베토벤, 볼 수 없었던 로드리고. 듣지 못해도 보지 못해도 음악은 멈추지 않는다. 그러고 보면 음악은 내면의 소리이지 외부의 것이 아니다. 글도 다르지 않다. 내 안에서 흘러나오는 생각과 느낌을 잡아서 적는 것이 글이다. 글은 내 안의 소리인 것이다. 그런데 나는 멈춰 있었다. 들어오는 것도 흘러나오는 것도 없었다. 있는 건 고통뿐이었다.

우울의
모양

우울증이 안겨 주는 아픔은 여느 아픔과는 전혀 다르다. 우울증을 앓는 사람은 끝없이 가라앉는 몸과 마음, 그것과 매시간 매분 매초 싸운다. 겪어 보지 않고서는 잘 상상되지 않는 아픔이다. 나 역시 직접 겪기 전에는 알지 못했다. 그저 울적하고 처지는 기분 정도로만 생각했다. 우울증을 의지박약이나 한가로운 이의 감정적 사치쯤으로 여기는 세간의 편견으로부터 나도 벗어나 있지 않았던 것 같다. 그러나 우울증은 의지나 노력만으로 떨쳐지는 것이 아니다.

지금도 기억한다. 아침마다 몸을 잡아 끌어당기던 차갑고 끈끈한 우울의 손. 잠에서는 깼지만 누운 채 계속 허우적거린다. 도무지 일어날 수가 없다. 떨치고 일어나고 싶은데 축축하고 찐득찐득한 그 손이 나를 아래로 아래로 계속 잡아끌어 내린다. 아무리 발버둥치고 몸부림쳐도 그 손은 떨쳐 내지지 않는다. 마치 끈끈이주걱한테 잡힌 벌레가 된 것 같다. 온몸이 바닥으로 끝없이 가라앉는 그 무겁고 끔찍한 느낌. 전신을 짓누르는 우울의 무게. 아, 떨쳐 버리고 싶다, 벗어나고 싶다고 간절히 바라지만 한없이 까부라지고 가라앉는 몸. 그리고 순간순간 멍해지는 머리. 너무 피곤해서 숨이 차고, 숨이 안 쉬어질 만큼 답답한 가슴.

벗어나고 싶다.
확 떨쳐 버리고 싶다. 벗어 버리고 싶다.
너무 무겁고 피곤하다.

(2012. 1. 2. 일기)

집요한 그 우울의 손을 뿌리치고 쇳덩이를 매단 것처럼 무거운 몸을 일으켜 침대 밖으로 빠져나오기까지 몇 시간씩 자신과 싸워야 했다. 그 일이 매일 아침 반복되었다. 그리고 전신을 바늘로 건드리는 것 같은 통증과 떨림, 경련, 심장을 칼로 도려내는 듯한 아픔도 매일 반복되었다.

어찌해야 좋을지 모르겠다.
어찌해야 이 지긋지긋한 수렁에서 벗어날 수 있는지
모르겠다. 지긋지긋하고 몸서리쳐질 만큼 끔찍하다.
우울의 늪.
입술을 피가 나도록 깨물고 애를 쓴다. 이 늪에서
벗어나려고. (…) 눅눅하고 음침하고 하염없이 무겁고
짓눌리는, 까부라지는 이 느낌. (…) 이 끈적한, 찐득한,
절대 떨궈지지 않을 것만 같은 짓눌리는 기분을 떨칠

수만 있다면, 그럴 수만 있다면 뭐든 사양치 않고 싶다.
아니, 이 기분이 계속된다면 견디지 못할 것 같다.

(2012. 1. 4. 일기)

독일의 심리학자이자 심리치료사인 노라 마리 엘러마이어에 따르면 우울증의 어원은 라틴어로 'deprimere', 즉 '내리누르다' '쇠약하게 하다'라는 뜻이다.[2] 그러니까 몸과 마음이 짓눌려 쇠약해진 것이 우울증인 것이다. 내가 경험한 '하염없이 무겁고 짓눌리는', '끝없이 가라앉는', '너무 무겁고 피곤'한 느낌이 바로 그 상태 아닐까.

우울증은 우울한 감정과는 확연히 다르다. 우울이라는 감정은 기쁨이나 슬픔과 마찬가지로 인간이라면 누구나 느끼는 보편적인 감정이다. 그러나 우울증은 병이다. 정신과 의사로서 얼마 전 안타까운 사건으로 유명을 달리한 임세원은 "우울증이라는 질병으로 분류되는 것은 증상이 심해 일상생활의 유지가 곤란할 정도로 심각하면서 그 기간이 2주 이상 지속되는 경우"[3]라고 말했다. 고단한 일상생활에서 종종 느끼는 우울한 기분이 "다들 느끼며 사는 정상적인 감정의 스펙트럼"[4]이라면 우울증은 일상생활 자체를 흔드는 질병인 것이다.

우울증은 그저 마음의 문제만이 아니다. 우울증은 뇌의 신경생리학적 변화를 동반하는 질병이다.[5] 우울증 환자의 뇌의 변화에 대한 연구 결과는 셀 수 없이 많다. 그러니 우울증을 마음의 문제로만 여기는 것은 무지에서 나오는 편견이라고 할 수밖에 없다.

우울증에 걸리는 사람이 따로 있는 것도 아니다. 직업, 지위, 학력, 돈, 나이, 성별과 관계없이 누구나 걸릴 수 있다. 정신과 의사나 심리치료사도 예외는 아니다. 내과 의사라고 해서 위암에 걸리지 않는 게 아닌 것과 마찬가지다. 앞서 말한 의사 임세원, 심리치료사 노라 마리 엘러마이어도 우울증을 직접 겪고 그것을 이겨 낸 사람들이다.

우울증은 지극히 개별적인 질병이다. 사람마다 원인도, 증상도 천차만별이다. 나의 증상과 타인의 증상은 전혀 다를 수 있다.

찐득하게 달라붙는, 떨쳐 내려 해도 도무지 떨쳐지지 않는 축축하고 끈적한 기운. 온몸이 밑으로 끝없이 가라앉는 무겁고 끔찍한 느낌. 절대 벗어날 수 없을 것만 같은 짓눌리는 기분. 이것이 내가 겪은 우울의 느낌이요 모양이다.


외로움이라는
공포

"혼자가 너무 무서워요. 혼자 있어도 무섭지 않을 수 있었으면 좋겠어요."

상담 첫날, 먼저 목표를 세우는 것이 좋다면서 상담을 통해 얻고 싶은 것이 무엇이냐고 묻는 선생님에게 나는 이렇게 대답했다.

그때 나는 공포를 느끼고 있었다. 살갗이 떨리고 심장이 떨리고 영혼이 부들부들 떨리는, 떨리다 못해 폭발해서 산산조각 날 것 같은 두려움을 느끼고 있었다. '혼자'에 대해.

언제부터 이렇게 '혼자'를 무서워하게 되었는지는 알 수 없었다. 그러나 분명한 건 무서움이 극에 달한 나머지 급기야는 혼자 잠을 잘 수 없는 상태에까지 이르렀다는 사실이었다. 나는 무서움을 덜어 보려고 전깃불을 환히 켠 채로 음악을 틀거나 TV를 켜 놓고서 잠자리에 눕곤 했다.

오래전부터 뱃속 한가운데가 뻥 뚫려 있는 것 같았다. 5년일까 혹은 10년일까, 가늠하기 어려울 만큼 오래 계속된 그 기분은 늘 나를 사로잡고 있었다. 뻥 뚫린 그곳으로 서늘한 바람이 줄곧 불었다. 그리고 그 '텅 빈' 느낌은 시간이 갈수록, 사는 게 바쁘고 힘들수록 강렬해졌다.

> 가슴 한가운데가 텅 비어 있는 느낌.
> 바쁠수록 힘들수록 강렬해지는 '비어 있는' 느낌.
>
> (2005. 7. 5. 일기)

나는 마음 붙일 곳이 있으면 좋겠다고 생각했다. 마음 의지할 곳 하나만 있으면 여느 어려움은 다 이겨 낼 수 있을 것만 같았다. 그리하여 마음 의지처를 찾아 여기저기를 헤맸다. 하지만 어디에도 그런 건 없었다. 오히려 마음 붙일 곳을 찾아 헤매다 저지른 잘못된 선택들로 인해 실수와 잘못, 후회와 상처가 쌓여 갈 뿐이었다.

> 거대한 분화구가 있다. 내 마음엔.
> 뻥 뚫린 거대한 분화구.
> 메워지지 않는 크고 또 크고 또 큰 분화구.
> 상처가 너무 크고 깊고 넓어.
> 무엇으로 그 분화구를 메우지?
>
> (2012. 2. 24. 일기)

무얼 해도 마음 한편이 비어 있었다. 그리고 그 텅 빈 느낌은 어느 날 불안으로, 공포로 다가와 나를 집어삼켰다. 깊어지다 못해 공포가 되어 버린 외로움이 나를 압도하고 있었다. 나는 병에 걸린 것 같았다. 외로움을 무서워하는 병.

우울한 감정과 우울증이 구분되듯이, 나를 엄습한 병적인 외로움은 기왕의 외로움과는 전혀 다른 것이었다. 외로움은 인간이라면 누구나 느끼고 경험하는 자연스러운 감정이다. 더구

1장. 오십. 모든 것을 잃었다

나 작가에게 외로움은 낯선 존재가 아니다. 글쓰기는 누가 대신해 주거나 다른 이와 함께 할 수 있는 일이 아니기 때문에 작가에게 외로움과 친해지기란 작업의 필요조건이라고 해도 과언이 아니다.

그런데 그 친숙하고 일상적인 존재와는 전혀 다른 것이 나를 온통 휘감고 짓누르고 있었다. 내가 알던 존재가 변해서 그런 괴물이 된 것인지 아니면 어디선가 새로 나타난 것인지 알 수 없었다.

나는 외로움이 너무도 무섭고 두려웠다. 무서운 나머지 외로운 상황에 처하지 않으려고 미리 피하게 되었고, 잘못인 줄 알면서도 행하게 되었다. 닥쳐올 외로움을 견딜 자신이 없기 때문이었다. 외로움이 두려워 저지르는 우(愚). 나는 그 일을 반복하고 있었다.

공포가 되어 버린 병적인 외로움으로부터 벗어나는 것은 심리상담의 목표인 동시에 상담 종결 후 계속된 나의 치유를 향한 긴 여정에서 해결해야 할 핵심 과제가 되었다. 내 심신이 무너진 그날의 일도 실은 외로움이 두려워 스스로 저지른 우의 결과였음을 깨닫게 된 것은 훨씬 나중의 일이다.

하루를
살기

마음이 많이 아플 때
꼭 하루씩만 살기로 했다[6]
──이해인, 「어떤 결심」

이해인 수녀의 시 한 구절이다. 하루씩 살기. 시인처럼 나도 그랬다. 나는 그것을 '하루를 살아 내기'라고 불렀다. 미래는 고사하고 몇 달, 몇 주일 앞도 생각할 수 없었던 나는 깜깜한 터널에 갇힌 것 같았다. 보이는 것도 없고 어디로 가야 할지 가늠도 안 되었다. 생각할 수 있는 건 기껏해야 오늘 그리고 내일 정도였다. 할 수 없이 오늘 하루, 내일 하루 어찌 살까, 그것만 생각하기로 했다. 보이지 않을 땐 보이는 만큼만 하는 거야, 안 그러면 어쩔 건데, 스스로에게 퉁명스럽게 말했다. 그리고 하루를 무사히 완주하는 데 집중하기로 했다.

지금 나는 여기 이렇게 있다. 하루하루를 '살아 내기'
하면서.

(2012. 1. 4. 일기)

밤이면 일기장에 내일 할 일을 적었다. 할 일이라야 대부분 병원 아니면 심리상담소 가기였지만 그 외에 은행 방문, 문구점에서 볼펜 사기, 산책하기 같은 소소한 일들이 적혔으며 아주 가끔 친구나 지인과의 약속이 리스트에 올랐다. 금방 피곤을 느끼고 지치기 때문에 어차피 많은 일을 할 수는 없었다.

다음 날 날이 밝으면, 하기로 한 일들을 반드시 수행하려고 노력했다. 바닥에서 떨어지지 않으려는 등을 억지로 떼어 내어 세수를 하고 화장을 하고 옷을 갈아입고 현관문을 나섰다. 길을 가다 지치면 길가 벤치에 앉아 쉬거나, 카페에 들어가 차 한 잔 시켜 놓고 기운이 차오르기를 기다렸다. 아무도 만나고 싶지 않은 마음을 애써 누르고 일부러 약속을 잡았으며, 한번 잡힌 약속은 피하거나 미루지 않으려 했다. 그렇게 해서 계획한 일을 다 한 날은 스스로에게 아낌없는 칭찬을 해 주었다. 참 잘했어, 수고했어, 라고.

> 오늘 참 열심히 했다. (…) 애썼다, 박은봉. 수고했어.
>
> (2012. 10. 10. 일기)

우울증에 걸리면 일종의 자폐 상태에 빠지게 된다. 시야가 극도로 좁아져서 외부 세계는 전혀 눈에 들어오지 않고 오로지 불행한 자기 자신뿐 다른 건 보이지도 들리지도 않는다. 뭘 해도 결론은 하나, 나의 불행이다. 마치 어느 방향에서 물을 부어도 결국은 같은 구멍으로 빠져나가는 깔때기 같다.

가을 단풍의 아름다움, 봄꽃의 화사함, 아이들의 즐거운 웃음소리, 그 어느 것도 마음에 와닿지 않는다. 오히려 나의 불행을 확인시켜 줄 뿐이다. 챙겨 보던 저녁 뉴스, 세상과 사람에 대한 관심은 더 이상 아무런 감흥을 주지 않는다. 있는 건 나의 고통뿐이다.

깔때기 밖으로 한 걸음만 벗어나면 넓고 다양한 세계가 펼쳐질 터인데 그 한 걸음 벗어나기가 안 되어서 갇혀 있는 것이다. 안 하는 게 아니라 못 하는 것이다. 이럴 때 옆에서 누군가 손 내밀어 주면 그 손을 잡고 깔때기에서 벗어날 수 있을 것이다. 우울에 빠진 이에게 손을 내밀었는데 만약 상대가 잡기를 거부한다면, 잡을 때까지 가만히 기다려 주면 좋겠다. 아직 잡을 힘조차 없어서 그러는 것일지 모르니.

나의 경우, 일상을 만들고 유지하는 것이 깔때기에서 벗어나는 길이었다. 일상을 잃어 본 사람은 안다. 아침에 눈떠 갈 곳이 있고 할 일이 있고 만날 사람이 있는 매일의 일상이 얼마나 소중한지. 매일의 일상이 있으면 그것에 기대어 조금씩 힘을 키워 갈 수 있다. 아주 잠깐일지언정 고통스런 생각에서 벗어나 시야를 다른 곳으로 돌리기도 하고, 아픈 상처와 관계없는 사람들과 만났을 때는 억지로라도 웃게 된다. 그런 것들이 쌓여서 어느 순간 깔때기 밖으로 발을 내디딜 수 있는 에너지로 작용하는 것이다.

그런데 나는 유지할 일상이 사라져 없는 상태였기 때문에 그것을 만드는 일부터 해야 했다. 미래는 꿈도 못 꾸겠고 기껏해야 내일밖에 생각할 수 없었으므로 매일 밤, 내일 하루치의 일상을 만들고 계획했다. 그리고 다음 날 전심전력을 다해 그것을 수행했다. 최선을 다해 하루를 완주했다. 그렇게 하루씩을 살았다. 차곡차곡 벽돌 쌓듯이.

> 하나씩 하나씩, 한 가지씩, 차근차근 해 나가자.
> 그러다 보면 어느새 새로운 삶이 눈앞에 다가와 펼쳐질 것이다.
> 환하게 웃을 수 있는 삶이.
> 그때를 꿈꾸며 오늘을 산다, 나는.

(2012. 12. 19. 일기)

그렇게
2년이 갔다

해가 두 번 바뀌었다.

나의 상태는 서서히 호전되고 있었다. 직선을 그리며 호전

되는 것이 아니라 올라갔다 내려갔다 굴곡을 그리면서, 그렇지만 전체적으로는 상승세를 보이며 조금씩 나아졌다.

분노는 상당히 사그라들었다. 물론 완전히 사라진 건 아니어서 시시때때로 치솟아 올랐지만, 그렇더라도 전처럼 그에 휩싸여 활활 타는 느낌은 더 이상 들지 않았다.

외로움도 상당히 사그라들었다. 행복하거나 충만감을 느끼거나 즐겁지는 않지만, 적어도 견딜 수 있었다. 이제 혼자가 공포스럽지는 않았다.

책을 읽을 수 있게 되었다. 예전처럼 오래 집중하기는 어려웠지만, 한 줄도 못 읽던 시간에 비하면 눈부신 발전이 아닐 수 없었다. 그리고 짧게나마 글쓰기가 가능해졌다.

약물치료 종료를 앞두고 차츰 약을 줄여 나가던 때라고 기억한다. 눈이 아파 들른 안과에서 차례를 기다리며 앉아 있는데, 문득 '적어야겠다'는 생각이 들었다. 나는 수첩을 꺼내 적어 내려가기 시작했다. 가슴속에서만 맴돌던 언어가 밖으로 터져 나오고 있었다. 7개월 만이었다.

문구점에 들러 마음에 드는 노트를 한 권 샀다. 도톰한 두께의 모눈 노트를 골랐다. 책을 읽거나 글쓰기를 할 수 없게 되면서 자연히 중단했던 일기를 다시 쓸 셈이었다. 나는 노트 표지를 열고 첫 번째 페이지에 이렇게 썼다.

이것을 다 쓰고 났을 때,

내 고통도 끝나 있기를.

(2011. 6. 19. 일기)

그렇게 쓰기 시작한 나의 치유 일기는 여섯 번째 노트에 이르러서 끝이 났다.

글쓰기가 치유에 도움이 된다는 것은 경험적으로나 학술적으로 익히 알려져 있다. 글쓰기 중에서도 특히 일기 쓰기의 치유 효과에 주목하여 '저널치료'(journal therapy)에 앞장서 온 미국 저널치료 센터 소장 캐슬린 애덤스는 자신에게는 30년 된 심리치료사가 있는데 이 치료사는 하루 24시간 중 언제든 만날 수 있고, 어떤 이야기라도 털어놓을 수 있으며, 아무 비평도 판단도 하지 않는 데다가 비싸지도 않아서 1달러 이하의 노트 한 권 살 돈이면 충분하다고 했다. 그러면서 이를 '79센트짜리 심리치료사'(the 79¢ therapist)라고 불렀다.[7]

글쓰기의 치유 효과를 말하는 이들은 대개 '자기개방', '자기표현'을 주된 치유 메커니즘으로 상정한다.[8] 즉 글쓰기를 통해 억눌려 있거나 감추어져 있는 생각과 감정들이 드러나게 되고 그럼으로써 고통의 완화나 문제 해결의 길이 열린다고 보는 것이다.

나는 거기에 '거리 두기'와 '객관화'를 덧붙이고 싶다. 내 안에서 들끓는 생각과 감정들을 나 밖으로 끄집어 내어놓음으로써 나와 문제를 분리시키고 나와 문제 사이에 거리를 두어 문제를 객관적으로 바라보게 하는 것이다. 이것을 심리상담의 하나인 이야기치료(narrative therapy)에서는 외재화(externalization)라고 부른다.[9] 문제의 외재화는 치유의 첫걸음이다. 글이란 쓰이는 순간 쓴 사람으로부터 분리와 외재화가 발생한다고 나는 생각한다.

하지만 당시의 내가 저널치료라든가 글쓰기 치료 같은 것을 알고 일기를 쓴 건 전혀 아니었다. 그저 답답한 마음을 터놓을 데가 달리 없었으므로 썼던 것뿐이다. 때로는 모르고 한 일이 알고 한 일처럼 좋을 때가 있다. 내가 산 노트는 1달러보다 몇 배 비싼 것이었으니 79센트짜리 치료사는 아니었지만 말이다.

여섯 권의 치유 일기는 이 책을 집필하는 데 주요 자료가 되었으며, 그중 일부는 이 책에 인용되었다. 이 또한 애초에 의도했거나 계획한 게 전혀 아니다.

아무런 기록이 없는 7개월은 아마도 가장 상태가 나빴던 시간들이었을 것이다. 기록이 없을 뿐 아니라 사실 기억도 잘 나지 않는다. 두터운 안개에 싸여 있는 것 같다. 어쩌면 끝내 기억나지 않을지도 모른다. 안개 속에 영원히 봉인되었다고 할까. 그럼 어떠랴. 기억나지 않는다고 해서 문제 될 건 전혀 없다.

나는 다시 일기를 쓸 수 있고 사고할 수 있게 된 데 감사하고 또 감사했다. 아무것도 할 기력이 없어 누워 있을 수밖에 없었던 시간을 생각하면, 먹고 돌아다니고 사람 만나고 책 읽고 할 수 있는 것이 기적만 같았다. 기적은 하늘을 날고 물 위를 걷는 것이 아니라 평범한 일상 그 자체라고 수필가 윤세영은 말하지 않았던가.[10]

그러나 멍한 기운이 아직 많이 남아 있었다. 머릿속에 뿌연 안개가 잔뜩 낀 것 같고, 뇌세포의 절반은 잠들어 있는 듯했다.

> 아직은 머리가 완전히 깨어나지 못했다. 생각 안 나는 것,
> 못 하는 것이 많다. 명징함이 떨어진다. 아직은. 겨우겨우,
> 간신히, 생각나는 것들을 해 나가고 있을 뿐.
>
> (2011. 10. 24. 일기)

전과 같은 고통은 사라졌지만 그렇다고 기운이 샘솟고 의욕이 넘치는 것은 아니었다. 침울한 평온. 낮게 깔린 묵직한 고요. 이것이 나의 마음 상태였다. 만 2년의 투병 생활에 지쳤는지도 모른다. 그 평온과 고요 사이로 간간이 칼날 같은 아픔이 송곳처럼 삐져나오곤 했다. 문득문득 안 좋은 기억이 떠오를 때 그러했다. 그럴 때면 스스로를 격려하고 위로했다.

> 그래도 나는 놓치지 않았어. 무던히 애를 썼지. 피눈물

나게 노력했지. 삶을 놓치지 않으려고. 덕분에, 지금, 살아
있고, 여기까지 왔다. 이제 조금 남았어. 조금.

(2012. 10. 18 일기)

    나는 긴긴 터널의 끄트머리쯤에 서 있는 것 같았다. 깜깜
한, 출구를 알 수 없는 터널을 오래도록 헤매다가 문득 희미한
빛과 떨어지는 물방울 소리를 감지한 것 같았다. 아직 보이지는
않지만 느껴지는 것 같았다. 저기, 거기에 빛이, 출구가 있음이.

이젠 밤에 잘 때 불을 끄고 잘 수 있다. 이젠 한 번에 세
시간 이상을 내리 잠들 수 있다. 이젠 아침에 눈뜨자마자
눈물을 흘리지 않는다. 이젠 아침에 눈뜨면서 온몸에
경련을 일으키지 않는다. 이젠 똑바로 누워 잘 수가 있다.
숨이 가쁘고 가슴에 쇳덩이가 얹혀 짓누르는 것 같아서
바로 누울 수가 없었다. 이젠 악몽을 꾸지 않으며 가위에
눌리지 않는다. 이젠 심장을 칼로 도려내는 듯한 아픔을
느끼지 않는다.
하지만 여전한 것도 있다. 그것들마저 없어지는 날,
그날이 나의 자유로운 해방의 날이겠지. 나의 기쁨의
날이겠지.

(2013. 1. 15. 일기)

1장. 오십, 모든 것을 잃었다

"그대 지금
간절한가?"

나지막한 산자락에 들어앉은 다원은 오래된 한옥과 현대식 붉은 벽돌집이 어우러진 고즈넉한 곳이었다. 마침 가랑비가 내리고 있어서 사방이 온통 희뿌연데 공기는 매우 차고 맑았다. 다원을 열게 된 특별한 이유라도 있느냐는 질문에 원장은 이렇게 대답했다.

"내가 좋아하는 것이 무언가 생각해 봤더니 사람 만나는 것이더라고요. 뭘 하면 늙어서도 사람을 만날 수 있을까 찾아봤죠. 요리는 육십까지는 하겠는데 그 이상 되면 힘들 거 같고, 차 따라 주는 건 죽을 때까지 할 수 있지 않을까 싶어서 다도를 배우게 되었어요."

차를 준비하고 따르는 그녀의 움직임은 고요한 가운데 빈틈이 없었다.

내가 정녕 좋아하는 것이 무언가, 늙어서도 하고 싶고 할 수 있는 일이 무언가. 나는 속으로 그녀의 말을 되새김질했다. 이 사람은 깊은 고뇌의 시간을 거쳐 여기에 있는 거로구나, 그녀의 웃음이 저렇게 편안한 것은 벗어났기 때문이겠구나 싶었다.

나는 재기를 꿈꾸고 있었다. 무너진 삶을 재건하고 다시 일어서기를 간절히 소망하고 있었다. 아침에 눈을 뜨면 주문 외듯

혼잣말을 했다. "인간으로서 다시 서기, 작가로서 다시 서기, 여자로서 다시 서기." 오랜만에 소식이 닿은 지인에게 메일 답신을 보내면서는 '삶을 재건하고 있다'고 말했다.

나에게 '재기'란 첫째 행복해지는 것, 둘째 다시 글을 쓰는 것, 두 가지였다. 나는 글을 쓰지 못하게 된 지 오래였다. 겨우 일기를 끄적거리는 수준으로 회복하긴 했지만 책을 쓸 정도가 되려면 갈 길이 멀기만 했다. 한 권의 책을 쓰기 위해서는 정신적으로나 육체적으로 매우 많은 에너지가 필요한데 나의 상태는 전혀 그에 미치지 못했다. 성큼성큼 미래를 향해 나아가고 싶었지만 마음만 앞설 뿐 몸은 따라 주지 않았으며 머리는 늘 묵직하고 흐릿했다. 산소 부족인 것처럼 답답하고 무거웠다. 그래도 작년 이맘때, 재작년 이맘때에 비하면 양반 아니냐고 스스로를 달래 봤지만 큰 위로는 되지 않았다. 원고 청탁이 들어오지 않은 지도 한참 되었다. 활동을 계속해야 섭외도 들어오는 법인데 활동 중단 상태였으니 출판사들이 원고 청탁을 해 올 리 없었다. 나는 침울한 기분으로 일기장에 적었다.

글을 쓸 수 없는 작가.
노래하지 못하는 가수.
울지 못하는 새.

(2014. 9. 5. 일기)

1장. 오십. 모든 것을 잃었다

그렇지만 보다 중요한 것은 행복해지는 것이라고 생각했다. 행복해지면, 심신이 건강해지면 글은 자연히 다시 쓸 수 있게 되지 않겠나 싶었다.

해가 두 번 바뀐 뒤, 약물치료에 이어 심리상담도 종결을 맞게 되었다. 약물치료는 약 1년간, 심리상담은 1년 6개월간 지속했다. 약과 마찬가지로 심리상담 역시 종료를 앞두고 단계적으로 줄여 나갔다. 시작할 땐 주 2회 두 시간씩이던 것이 1년쯤 지났을 땐 주 1회 한 시간씩으로, 종료 무렵에는 격주 1회로 줄었다.

약물치료와 심리상담 둘 다 담당 전문가의 진단에 따라 종결되긴 했지만, 그것으로 끝이 아니라는 생각이 들었다. 약은 증상을 완화하거나 없애 주긴 하나 행복하게 해 주지는 않았으며, 심리상담은 평온을 찾게 해 주었지만 기쁘거나 충만감을 안겨 주진 않았다. 나는 내 스스로 치유를 계속해 나갈 필요가 있다고 생각했다. 자기치유를 해 나가지 않으면 언제고 다시 고통이 재발할지 모른다는 생각이 들었다.

나는 답을 얻고 싶었다. 왜 나는 그렇게 일순간에 무너져 버렸는가? 불과 몇 시간 만에 걸음조차 제대로 못 걸을 만큼 심신이 무너진 이유가 무엇인가? 충격적인 일을 겪었다고 해서, 뒤통수 맞았다고 해서 모두가 심신상실에 이르는 건 아니지 않는가. 세상에 충격적인 일, 뒤통수치는 일은 아주 많고 사람들은 그래도 살아간다. 그런데 나는 왜 그렇게 단번에 무너져 버렸을까? 내가 허약해서일까? 상황 때문이었을까? 마음이란 대체 무엇인가? 무엇이길래 이토록 괴로움을 주는가? 마음은 어떻게 움직이고 작동하는 것인가? 알아야 같은 괴로움을 반복하지 않을 것 같았다. 나의 남은 인생을 위해 꼭 그래야 할 것 같았다.

나는 마음에 대해 공부하기로 했다. 심리학에 문외한인 내가 오십이 넘은 나이에 심리학 공부를 시작하게 된 건 바로 그런 이유에서였다. 내 마음을 알고 나 자신을 아는 데 도움 되는 일이라면 무어든 해 보자고 생각했다. 그것이 스스로 걸어야 할 치유의 길이 아닐까 싶었다.

나는 꿈꾸었다. 내게도 좋은 일이 있을 거라고. 그럴 수 있다고. 다시 책을 쓰고 강의도 하고, 놓쳐 버린 수많은 삶의 기회들을 다시 얻을 수 있을 거라고. 내겐 아직 시간이 남아 있다고. 언젠가는 11월의 무르익은 가을을 온전히 사랑할 수 있을 거라고, 낙엽이 가랑비처럼 내리는 거리를 웃으며 걸을 수 있을 거라고 꿈꾸었다.

꿈이라도 꾸지 않으면 어찌 오늘의 이 황막함을 견딜 수 있으랴 하면서 바라고 또 바랐다. 행복하기를. 다시 서기를.

"그대 지금 간절한가?"[11]

이 글귀를 보자마자 나도 모르게 큰소리로 대답했다.

"네! 간절합니다!"

첫 번째
치유 일기

---

다이어리를 샀다.
이것을 다 쓰고 났을 때,
내 고통도 끝나 있기를.

(2011. 6. 19)

---

천냥금 화분에 꽃이 피었다.
빨간 열매 옆에 분홍빛 아주 작은 꽃들이 별처럼 피었다.
(…) 아침에 나갈 때 한 번,
밤에 돌아와 한 번씩 바라보고 쓰다듬어 주는 꽃.

(2011. 6. 19)

---

사진 속의 내 웃음.
나는 본래 저렇게 웃는 사람이었다.

(2011. 11. 4)

분노 다음에는 외로움이라 했다.
사실이로구나.
분노를 넘어서고 있다. 외로움이.

(2011. 11. 8)

낙엽을 하나 주워 왔다. (···)
붉은 낙엽 뒷면에 썼다. "2011. 11. 13. 안양천 산책로"라고.
내 고통스런 마음을 걸음마다 쏟아 낸 그 길을 기념하기
위해서.
이다음에 내가 매우 행복해졌을 때, 그때 이 낙엽을 보며
웃기를 바란다.
"그래, 그때 참 힘들었지. 안양천 산책길의 그 단풍과,
천변의 갈대가 아니었으면, 그 시간들을 어찌 견딜 수
있었을까" 하고 말할 수 있기를 바란다.
안양천변의 갈대숲. 그 숲을 따라 오늘도 나는 두 시간
반을 걸었다.

(2011. 11. 13)

적어도 ?법은 행복하는 가을이 될 수 있겠지.

비치고 풀어지고 버리는 낙엽을 아깨, 흩하...

웃고 있는 내 모습. 그걸 상상해 보자.


정신과 약도 못먹고 심장약도 못먹다.

몸과 마음은 죽어가기로는 둘다 마찬가지.

오늘은 이상스레 어지러움이 심했다.

나, 건강을 되찾을 수 있을까.

남들처럼 여행하는 차를 타고 커피

마시고 웃고 떠들고, 그렇게 살 수 있...

글쓰기는 그만두고 남들처럼 그리 살 수...

있을까. 몸도 걱정스러워졌다. 이 가을에

쉼 없이
걸어온
날들의
초상

## 워커홀릭이냐
## 슈퍼우먼이냐

아이가 두 돌을 갓 지났을 때, 나는 가장이 되었다. 90년대 초의 일이니, 올해로 나는 싱글 맘 28년차다. 28년이면 싱글 맘이 겪을 법한 일들은 웬만큼 겪어 봤다고 해도 괜찮을 시간 아닌가 싶다.

가장이 된 내 앞에 닥친 제일 큰 문제는 생계와 육아를 동시에 해내야 한다는 것이었다. 당시는 요즘 같은 복지 제도나 육아 관련 사회적 시스템이 전무하다시피 한 시절이었으므로, 싱글 맘에게 다가오는 삶의 과제들은 오롯이 개인이 감당할 수밖에 없는 것이었다. 일을 하자니 아이를 봐 줄 사람이 없고 육아에 집중하자니 돈을 벌 수 없는 악순환에 맞닥뜨렸다. 어린이집이나 놀이방이 있긴 있으나 매우 드물고, 그나마 종일반을 운영

하는 곳은 거의 없었다. 겨우 찾아낸 종일반 어린이집은 몇 달을 대기해야 하거나, 너무 멀어 이사를 가야 하거나, 아니면 비싸서 엄두가 나지 않았다.

다행스러운 것은 나의 일은 정시 출퇴근을 하지 않고 프리랜서로 할 수 있는 일이라는 점이었다. 나는 아이를 생활의 중심에 놓고 그에 맞춰 나머지 시간을 조절하기로 했다. 낮에는 육아를, 아이가 잠들면 그때부터 새벽 서너 시까지 일을 하는 것이 내가 선택할 수 있는 최선의 시스템이었다. 그러고도 부족한 부분은 다른 동네에 사시는 친정 엄마에게 도움을 청하거나, 비슷한 또래의 아이를 키우는 지인들과 품앗이를 해 가며 메웠다.

아이를 키워 본 사람은 알 것이다. 육아는 휴일이나 주말이 없고 아이가 잠잘 때 외에는 휴식 시간도 없는 24시간 365일 노동이라는 것을. 그 유일한 휴식 시간이 내게는 생계를 위한 노동 시간이었다. 하루 세 시간 이상 자 본 기억이 별로 없는 그 시절의 가장 큰 소원은 원 없이 실컷 자는 것이었다.

혹자는 나더러 워커홀릭 또는 슈퍼우먼이라고도 하나, 만약 그렇다면 그건 내가 원해서가 아니라 살다 보니 그리된 것이다. 처리해야 할 일들은 꼬리를 물고 생겨나고 시간은 늘 모자랐으며 돈은 항상 부족했다. 자연히 친구나 인간관계들은 멀어지고 내 앞에 있는 건 세 살 먹은 아이와 해야 할 일들뿐이었다. 당시는 인터넷이나 SNS가 발달하지 않은 시절이어서 싱글 맘들의 커뮤니티나 소통 창구 같은 것은 존재하지 않았다. 내 생각에, 워커홀릭이나 슈퍼우먼은 되고 싶어 되는 것이 아니다. 처음엔 어쩔 수 없이, 나중엔 익숙해져서 굳어지는 것이지.

지금도 기억한다. 천 원이 있으면 하루가 부자 같고 만 원이 있으면 온 세상이 내 거 같던 그 시절. 내가 살던 동네에는 제법 큰 슈퍼마켓이 있었다. 아이는 슈퍼마켓의 쇼핑 카트 타기를 좋아했다. 쇼핑 카트에는 손잡이 쪽에 아이를 앉힐 수 있는 별도의 공간이 있었다. 카트에 아이를 올려 앉히고 밀어 주면 아이는 까르륵거리며 웃어 댔다. 유모차가 없었던 나와 아이에게 쇼핑 카트는 커다랗고 신나는 유모차였던 셈이다.

그렇게 아이를 태운 채 몇 바퀴를 돌고 나서는 빈 카트로 나오는 게 영 눈치 보여 200밀리 우유 한 개를 계산대에 내밀던 나. 사고 싶은 것은 정말 많았지만 지갑은 비어 있었다.

싱글 맘의 고충은 여러 가지이나 그중 가장 힘든 것을 꼽으라면 경제적 문제와 사회적 편견을 들고 싶다. 나의 경험으로 보더라도 경제적 안정은 육아에 대한 사회 시스템 구축과 불가분의 관계를 갖고 있음을 알 수 있다. 육아를 전적으로 책임져 줄 누군가가 있거나 믿고 의지할 시스템이 없다면, 싱글 맘 혹은 싱글 대디의 경제적 자립은 실현되기 어려운 꿈에 그칠 공산이 크다. 나 역시 친정 엄마의 도움 아니었으면 훨씬 더 심한 어려움을 겪었을 것이다. 부득이한 상황이 벌어질 때마다 긴급 도움을 청할 곳은 친정 엄마뿐이었다.

30년 전에 비하면 오늘날은 복지 제도나 육아 시스템이 괄목상대하게 나아진 게 틀림없지만 육아와 생계를 동시에 해결해야 하는 싱글 맘의 삶은 여전히 녹록지 않을 거라고 생각한다. 어디 싱글 맘만의 문제겠는가. 다양한 양질의 육아 시스템은 아이를 키우는 모든 이들의 소망이요 사회와 국가 발전의 기초라고 말하고 싶다.

경제적 문제 못지않게 싱글 맘을 힘들게 하는 것은 세상의 편견이다. 싱글 맘 본인을 향한 편견은 그럭저럭 견딘다 해도 아이에게 가해지는 편견 앞에서는 절망하지 않을 수 없다. 지금은 개선되었겠으나 당시 나를 놀라게 한 것은 학교 교육이 아무 생각 없이 퍼뜨리고 저지르는 편견이었다. 초등학교에 입학한 아이가 받아 오는 과제물들은 모두 양부모 가정, 전업주부 엄마를 전제로 하고 있었다. 한부모 가정이나 일하는 엄마는 설 자리가 없었다. 교과서도 마찬가지였다. 대체 아이는 이것들을 어떻게 감내하고 있는지 생각하면 마음이 아팠다. 아이에게 직접 가해지는 편견은 아무리 엄마라도 대신 겪어 줄 수가 없다. 나는 아이가 부디 강건하게 자신에게 닥치는 문제들과 잘 싸워 나가기를 바랄 뿐이었다.

싱글 맘의 삶에는 대체 인력이 없다. 대신 해 주거나 거들어 주는 사람 없으니 사소한 일부터 큰일까지 묵묵히 홀로 해내야 하며, 정 어려울 땐 깨끗이 포기하고 가야 한다. 매사 혼자 결정하고 선택하고 책임져야 한다는 것에 지칠 때도 다반사다.

> 홀로 아이 키우며 사는 건 쉽지 않은 일이다. 삼켜야 하는 것이 너무 많고, 져야 할 짐이 너무 많다. 나눌 데는 하나 없고, 설 곳은 매우 적다. 피할 것은 매우 많고, 포기할 것은 더 많다. 감내해야 할 것은 그 무엇보다 많다.
>
> (2011. 11. 7. 일기)

이제 아이는 자라 성인이 되었고, 나는 더 이상 밤샘 노동을 하지 않으며 슈퍼마켓에서 200밀리 우유 외에도 먹고 싶은 것, 사고 싶은 것을 충분히 살 수가 있다. 그러나 쉼 없이 일하는 싱글 맘으로서의 오랜 생활 패턴은 오십이 되어서도 여전히 내 삶을 지배하고 있었다.

재택근무
7년

아이를 재우다가 깜빡 같이 잠들었던 모양이다. 눈이 번쩍 뜨여 시계를 보니 바늘이 11시를 향해 가고 있다. '아, 안 돼, 일어나야 해.' 팔베개해 주었던 오른팔을 살그머니 빼내고 조용히 일어나서 소리 안 나게 방문을 닫고 뒤꿈치를 든 채 안방으로 간다.

방 두 개짜리 연립주택에서 작은방은 침실이요, 큰방인 안방은 작업실이다. 벽에 기대선 책장을 가득 채우고 남은 책들이 바닥에까지 쌓여 있고, 공간을 최대한 활용하기 위해 책상은 한가운데 놓여 있다. 여느 집 안방과는 전혀 다른 풍경이다.

L사의 사보 원고 마감일이라 내일까지 원고를 넘겨야 한다. 졸음을 쫓으려고 커피를 탔다. 컴퓨터 자판이 춤을 춘다. 피곤하다. 이 원고가 이번 달에 써야 할 마지막 원고다. 네 군데의 원고는 넘겼으니 이제 하나 남았다. "원고료 제일 많이 주는 곳이야. 힘내." 혼잣말을 하다 피식 웃었다. 글이란 원고료가 많다고 더 잘 써지고, 적다고 대충 써지는 게 아니기 때문이다. 3천 원어치만 쓰거나 만 원어치로 쓰거나 할 수 없는 것이 글이다. 원고료가 얼마든 상관없이 전력을 다하게 된다.

가끔씩 작은방 쪽으로 귀를 기울인다. 혹시 아이가 깨어 엄마를 찾을지 모르니까. 안심이 안 될 땐 살금살금 가서 살짝 문을 열어 보기도 한다. 무사한지 확인해야 일에 몰두할 수 있다.

시간이 살같이 빨리 간다. 겨우 마감 시간에 맞출 수 있을 것 같다. 내일 최종적으로 한 번 더 읽어 보고 보내면 되겠다. 백업을 하고 컴퓨터 전원을 껐다. 새벽 4시.

몇 시간이라도 눈을 붙여야 하는데 잘 수 있을지 모르겠다. 바짝 곤두선 신경이 쉬 가라앉지 않을 것 같다. 아이 곁에 누워

등을 쭉 편다. 깊이 잠든 아이의 숨소리. 오늘도 너는 혼자 잤구나. 안쓰럽고, 미안하다.

고단한 하루를 완주하고 잠자리에 눕는 이 순간은 너무나도 달콤하다. 그러나 나도 모르게 한숨이 나온다. 언제까지 이렇게 버틸 수 있을까.

프리랜서 작가의 수입으로는 책의 인세, 신문·잡지 등에 기고한 글의 원고료를 꼽을 수 있다. 그중 책의 판매 부수에 따라 받게 되는 인세는 그야말로 부정기, 부정액이다. 자신이 쓴 책이 얼마나 팔릴지는 아무도 모르기 때문이다. 그러므로 언제 얼마가 들어올지 알 수 없는 인세만 바라보며 생계를 꾸리는 건 매우 불안정하고 위험스러운 일이 아닐 수 없다. 다른 수입 없이 오로지 글만 써서 생활을 유지할 수 있는 작가가 과연 몇 명이나 될까. 그래서 나는 작가가 되려면 투 잡을 뛰거나, 배우자의 경제력이 탄탄하거나, 그도 아니면 물려받은 재산이 있거나 해야 한다고 우스개처럼 말하곤 했다.

그런데 나는 그중 어디에도 해당되지 않았으므로 다른 방도를 찾아야 했다. 그리하여 정기, 정액의 수입을 위해 잡지, 사보의 연재 칼럼을 매달 다섯 건 이상 썼다. 잡지나 사보의 원고료는 판매 부수와 상관없이 그때그때 지급되기 때문에 원고지 매당 적게는 몇천 원부터 많게는 2만 원까지의 원고를 다섯 건 정도 쓰면 한 달 생활비를 확보할 수 있었다.

　그런데 문제는 그 다섯 건의 마감 날짜가 거의 동시라는 데 있었다. '왜 마감을 다 이때 하는 거야' 투덜거리면서 15일에서 20일 사이의 기일을 지키기 위해 분투했다. 칼럼의 주제는 한국사, 세계사, 역사 인물 이야기 등등 다양했으며 연재 기간은 보통 6개월, 길게는 1년이었다.

　제각각 다른 주제의 글을 다섯 건 써서 기일 안에 넘기고 나면 기진맥진한 나머지 방바닥에 드러누워 숨만 깔딱깔딱 쉬곤 했다. 이러다 죽겠다 싶은 생각이 들기도 했다. 며칠은 아무 생각 없이 지내다가, 다가오는 달력 날짜를 보고는 다음 달의 글감과 자료 조사를 위해 준비를 시작했다.

　흔히들 프리랜서는 자유로울 거라고 생각한다. 일하고 싶을 때 일하고, 쉬고 싶을 때 쉬고 마음대로 하니 얼마나 좋겠나 싶은가 보다. 그러나 실제로 그렇게 할 수 있는 프리랜서는 지극히 소수이다. 대부분의 프리랜서는 쫓기며 산다. 일 자체에 쫓기거나 돈에 쫓기거나 심지어 시간에도 쫓긴다. 프리랜서의 일은 퇴근 후 잠시 잊어버리거나 거리를 둘 수 있는 성질의 것이 아닌 경우가 대부분이다. 몸은 출퇴근으로부터 자유로울지 모르지만 생각은 깨어 있는 시간 내내 계속 돌아간다. 꿈에 나올 때도 있다. 이름과 달리 프리랜서는 실은 언프리(unfree)하다는 게 내 생각이다.

프리랜서 작가는 무소속 비정규직이다. 연월차 휴가, 상여금, 주말 특근수당 같은 것은 해당 없으며 명절 또는 새해라고 선물이나 신년 다이어리를 주거나 하지 않는다. 승진, 봉급 인상도 없다. 직장인의 시계는 휴일에도 계속 가지만 프리랜서의 시계는 일할 때만 간다고 할까.

프리랜서가 내세울 것은 자신의 작품뿐이다. 좋은 원고를 쓰지 않으면 다음번 원고 청탁은 오지 않을 수 있다. 그러므로 프리랜서로 오래 살아남기 위해서는 자기 관리를 철저히 해야 한다. 질 좋은 원고 쓰기와 그를 위한 끊임없는 공부, 마감 시간 지키기는 프리랜서 작가의 기본 수칙이라고 할 것이다.

물론 장점도 있다. 아플 때 눈치 보지 않고 쉴 수 있으며, 주중에 여행 갈 수 있고, 학부모라면 시간을 조절하여 유치원 재롱잔치, 학교 운동회, 학부모 회의에 빠지지 않을 수 있다. 그리고 정년퇴직이 따로 없으므로 자기 관리만 잘하면 늙어서까지 일할 수 있다.

프리랜서를 힘들게 하는 것 중 하나가 고립감과 외로움 아닐까 싶다. 직장 상사의 갑질을 겪지 않아도 되는 반면, 고립감과 외로움이 마음을 좀먹을 수 있다. 우리가 알고 있는 이름난 예술가들의 창작 활동 이면에는 고독과의 애처로운 줄다리기가 숨어 있다. 독신이었던 베토벤은 하루 일이 끝나면 카페나 술집에 가서 지인, 친구 들과 어울리며 외로움을 달랬으며, 도스토

엡스키는 헌신적인 아내의 도움을 받았다. 그들과 나를 비교할 수는 없겠으나, 어쨌든 아무런 출구도 없던 나는 그저 고립감과 외로움을 견디는 수밖에 없었다.

나의 재택근무는 7년간 계속되었다. 그동안 『세계사 100장면』 『한국사 100장면』 등 여섯 권의 책을 내고, 『한겨레21』을 비롯해 십여 군데 잡지와 사보에 칼럼을 썼으며, 책이 인연이 되어 MBC 라디오에 주 1회씩 약 2년간 고정 출연도 했다.

돌이켜 보면, 잡지와 사보 연재로 한 달 생활비 확보하기는 혹독했지만 동시에 유익한 훈련이었던 것 같다. 덕분에 다양한 주제의 역사 칼럼을 두루 써 볼 수 있었으니 하는 말이다.

재택근무 7년 동안 아이는 무럭무럭 자라 열 살이 되었다. 아이의 바깥 활동이 늘어나고 귀가 시간이 늦어짐에 비례하여, 나의 밤샘 노동은 줄어들고 낮에 일하는 시간이 늘어났다.

나는 집을 벗어나 세상으로 나가고 싶었다. 사람이 그리웠다. 갈수록 고립감과 외로움을 견디기 어려웠으며, 내가 어디에 있는지 좌표를 도통 알 수가 없었다. 뭔가 바꾸지 않으면 안 되는 임계점에 다다른 것 같았다. 아이도 이젠 방과 후 시간을 어느 정도 스스로 관리할 수 있지 않을까 싶었다.

나는 용기를 내어 대학원 사학과(한국사 전공)에 지원서를 내고 시험을 치렀으며, 무사히 합격했다. 학비를 위해 대출을 받는 무리수도 두었다. 졸업한 지 무려 15년 만에 다시 가는 학교

였다. 나의 대학 학번과 대학원 학번은 정확히 20년 차이가 난다. 그렇게 나는 세상으로 나왔다.

## 내가 아이를 키우는 것이 아니라
## 아이가 나를 키우는 거로구나

"옛날 옛날에, 깊은 산골에, 한 여자아이가 오빠랑 엄마랑 살았어. 엄마는 산 너머 부잣집에 일을 하러 다녔어. '엄마 없는 동안 아무한테도 문 열어 주면 안 돼, 알았지? 얼른 다녀올게.' 엄마는 그날도 일하러 갔단다. 아이는 오빠랑 하루 종일 신나게 놀았어. 놀다 보니 해가 저물고 배가 고파졌어. '엄마가 왜 안 오지.' 그날따라 일이 늦게 끝난 엄마는 떡이며 고기며 맛있는 것들을 한가득 싸서 머리에 이고 길을 떠났어. 집에 가려면 산을 넘어야 하는데. 산에는 호랑이가 산다던데. 사방이 깜깜해서 무서웠지만 엄마는 꾹 참고 걸었어. 그런데 바로 그때,"

여기까지 얘기하면 아이는 몸을 잔뜩 웅크렸다. '놀랄 준비'를 하는 것이었다.

"바스락,"

아이는 숨을 한껏 죽였다.

"소리가 나더니, '어흐응' 하고 호랑이가 나타난 거야."

'어흐응'에 맞추어 아이는 웅크렸던 몸을 바르르 떨며 내게 바싹 달라붙었고, 나는 얼른 아이를 꼭 끌어안았다. 그런 다음 함께 깔깔거리며 웃었다.

이것이 밤마다 자기 전에 치르는 우리의 행사였다. 불을 끄고 나란히 누워 '무슨 얘기 해 줄까' 하면 아이는 늘 이 이야기를 해 달라고 했으며, 똑같은 대목에서 놀랄 준비를 했다가 똑같은 대목에서 때맞춰 놀라곤 했다. 호동 왕자와 낙랑 공주, 바보 온달과 평강 공주 이야기도 좋아하긴 했지만 단연 으뜸은 '떡 하나 주면 안 잡아먹지'였다. 비록 끝까지는 못 듣고 매번 중간에 잠들어 버리지만.

아이가 주는 기쁨에는 육아의 고단함을 일거에 날리는 힘이 있다. 그것이 아무리 짧은 순간일지라도 엄마는 그 기쁨에 기대어 긴 고단함을 잊는다. 아이가 잠든 뒤의 밤샘 노동이 또 기다리고 있을지언정 그 순간만큼은 충만되고 행복한 것이다. 세상의 엄마들이 육아를 해낼 수 있는 이유가 바로 거기에 있지 않을까.

아이가 다섯 살이 되었을 때, 나는 한글을 직접 가르쳤다. 열성 엄마의 조기교육이라고 할지 모르겠으나, 사실은 책 읽어 달라고 조르는 아이의 요구를 제대로 충족시켜 주기 어려웠기 때문에 직접 읽게 해 주면 되지 않겠나 싶어 낸 궁여지책이었다.

매일 저녁 식사 후 설거지와 뒷정리를 마치고 30분씩, 교재는 적당하다 싶은 것을 구입하여 사용했으며, 한글 지도법을 딱히 배운 바 없으므로 그냥 마음 가는 대로 했다. 이런 식이었다.

'아' 자가 쓰인 카드를 보여 주며 묻는다.

"'아'로 시작하는 말이 뭐가 있을까?"

"아기."

카드에 아기 그림이 조그맣게 그려져 있다.

"옳지, 그렇지, 아기. 음, 아기는 뭘 제일 좋아해?"

"아이스크림!"

"오, 아이스크림. 그것도 '아'로 시작하네. 또 뭘 좋아해?"

"둘리."

"둘리? 아기 공룡 둘리?"

"응."

"그럼 우리 둘리 노래 해 볼까?"

"요리 보고, 조리 봐도, 알 수 없는 둘리, 둘리이……."

아이와 나는 둘리 노래를 부르며 율동까지 한다.

"우리 내일 아이스크림 먹으러 갈까?"

"와, 난 딸기. 엄만?"

"난 초코."

아이와의 기억이 어디 이것뿐이랴만 내가 유독 이 두 가지, '떡 하나 주면 안 잡아먹지'와 한글 공부를 기억하는 것은 그 시간이 그 무엇도 끼어들지 못하는, 온전히 충만된 시간이었기 때문이다. 어떤 걱정도 생각도 끼어들 틈 없는 순전한 기쁨의 순간. 그런 순간들이 있기에 살 수 있었다. 나를 살게 하는 것은 다름 아닌 아이와의 순간들이었으며, 내가 아이를 키우는 것이 아니라 아이가 나를 키우는 것이었다.

아이와 한글 공부 하던, 스티커가 다닥다닥 붙은 귀퉁이 떨어진 검은색 사각 탁자를 나는 오랫동안 버리지 않고 보관했다.

이따금 생각한다. 나는 좋은 엄마였을까. 늘 일에 치이고 시간에 쫓겼으며 팽팽하게 긴장되어 있었으니 아이도 그것을 느꼈을 것이다. 따뜻하고 활력 넘치는 다정한 공간이라기보다는 정적이고 무거운 공간이었을 우리 집. 혼자이고 외로웠을 아이. 돌이켜 보면 미안한 일이 너무 많고 잘한 건 하나도 없는 것 같다.


## 오십이 되면
## 행복해질 줄 알았지

오십이 되면 행복해질 거라고 생각했다. 왜 오십이었는지는 모르겠다. 그저 막연히 그때쯤 되면 힘든 일 다 지나고 안정되고 평온하게, 그동안 뿌린 것 거두며 살 것 같았다. 그러기를 바랐다고 하는 것이 맞을 것이다. 사십대에 들어 오랜 무소속 비정규직에서 벗어나 소속을 갖게 되었고, 그 소속됨에 감사하고 사람들과 함께 있음에 기뻐하며 열심히 일하던 나였으니, 오십이 되면 행복해질 거라는 바람을 은연중 가졌다고 해서 이상한 일은 아닐 것이다.

그런데 정작 오십이 되었을 때, 하루아침에 나는 심신상실 상태에 빠졌다. 마음 붙일 곳이라고 오랜 세월 믿어 온 대상이 사실은 허상이었음을 안 순간, 걸음조차 제대로 못 걷는 무기력 상태가 되어 버린 것이다. 50번째 생일을 맞은 지 얼마 지나지 않아 생긴 일이었다. 지금도 기억난다. 그 순간 내 심장에서는 유리잔 깨지는 소리가 났다.

그동안 노력해 온 것들, 쌓아 온 것들, 많은 것을 포기하고 체념하고 외면하며 얻은 작은 행복과 희망들이 한순간에 무너져 버렸다. 아니, 무너졌다고 생각했다.

나는 절망했고, 우울과 불안의 구덩이에 떨어졌으며, 그로부터 빠져나오려고 애를 썼다. 약을 먹고, 심리상담을 하고, 일기를 쓰고, 안양천 산책길을 걸었다. 그날의 충격과 기억에 머물러 거기서만 맴맴 도는 생각과 감정을 자유롭게 하려고 노력했다.

> 앞으로 얼마나 더 이 길을 걷게 될까. 분노에 차서 걷기도 했고, 예리한 칼로 심장을 도려내는 듯한 아픔을 느끼며 걷기도 했고, 꼬리를 무는 기억들에 치여 걷기도 했다.
> 오늘은 1년 후, 10년 후, 20년 후 오늘을 상상하며 걸었다.

1년 후 나는 어떻게 살고 있을까? 10년 후 나는 어떻게
되어 있을까? 20년 후에는?

그때 안양천 이 길의 가로수는 훌쩍 키가 커 있을 테고
잎사귀는 훨씬 더 풍성해져 있겠지. 다리 밑 맨드라미는
얼마나 붉게 타오르고 있을까. 그때 내 머리칼은
흰색으로 변해 있을 것이다. 아랫배는 더 두터워져 있고
허리는 두리뭉실 굵어져 있겠지.

그때는 고통스럽지 않았으면 좋겠다. 그때쯤에는
행복해져 있었으면 좋겠다. 그때는 혼자가 아니었으면
좋겠다. 11월의 아름답다 못해 슬픈 이 길을 혼자 걷지
않았으면 참말 좋겠다.

미래를 생각할 수 있다니, 기쁜 일이다. 과거가 아니라
미래를 생각하게 되었으니 얼마나 기쁜 일이냐.

(2011. 11. 13. 일기)


나는 앞으로 나아가고 싶었다. 힘든 시간은 이제 끝이야, 라
고 선언하고 싶었다. 그런데 끝이 아니었다. 넘어야 할 산이 또
기다리고 있었다.

2장. 쉼 없이 걸어온 날들의 초상

두 번째
치유 일기

---

두 번째 노트.
몇 권을 더 써야
평온과 구원을 얻을까.

(2011. 11. 28)

---

어디든 가고 싶다. 훌쩍.
훠이훠이, 휘적휘적 다니고 싶다.

(2011. 12. 11)

---

엘리베이터를 같이 탄 부부.
오늘 있었던 모임에서의 일을 얘기하며
즐겁게 웃었다. 마주 보면서.
그 모습이 어찌나 좋아 보이던지 나도 모르게 미소 지었다.
오십대로 보이는, 나와 비슷한 연배의 부부. 오래 같이 살아온 남녀의 지극히 평안하고 고요한 행복이 느껴졌다.
저렇게 웃기까지 많은 어려움을 통과하며 공유했겠지.
같은 연배인 나는 오늘도 혼자 엘리베이터를 탄다.

(2011. 12. 12)

이럴 때 참 난감하다.
얘기하고 싶은데 얘기할 사람 없을 때.

(2011. 12. 16)

추웠지만 걸었다. 걷다가 버스를 탔다. 한 시간이나 버스
여행을 했다. 남산 길을 굽이굽이 돌아 종로 1가에서
내렸다.
참 많은 기억들이 있더라. 나이를 먹으면 느끼는 것은
기억뿐인가. 삶이 차곡차곡 쌓여 만든 기억들.
몸을 피곤하게 하려고 일부러 걷고, 서 있는다.
밤에 잠을 잘 자 보려는 쓸쓸한 노력이다.

(2011. 12. 23)

'혼자'서도 행복해야 한다는 것은 문자 그대로 '혼자'
살라는 것이 아니다.
병적인 의존 상태에 빠지지 말라는 뜻이지. 이걸 깨닫는 데
오래 걸렸다.

(2012. 1. 2)

나는 사람을 믿지 못하게 되어 버린 것 같다.
사람을 100% 믿지 못한다. 예전엔 그렇지 않았지.
믿으려고 하다가도 움츠러드는 나.
거리를 두고 경계를 하고 있다. 나도 모르게. 참 슬픈
일이다.

(2012. 7. 12)

나의 뇌세포는 정신과 약, 그리고 심장 질환으로 인한
극도의 체력 저하로 인해 거의 죽어 버리거나 잠들어 버린
것 같다. 기절한 것 같다. 기절!

(2012. 9. 10)

조금 빨리 걸었다. 일부러.

여느 때 같으면 40분 걸리는 거리를 30분 만에 걸었다.

그랬더니 숨이 가쁘고 매우 힘들었다. 15분을 앉아서 쉬고,

다시 되돌아 걷기를 20분.

강변 벤치에 앉아 밤하늘을 하염없이 올려다보았다.

희미하게 별이 보였다.

저 별빛은 얼마만큼의 과거일까?

까마득한 과거에 출발한 빛이 이제야 지구에 도달하여 내

눈에 보이는 것이라지.

요즘 다시 우주론을 읽고 있다. 삶이 너무도 구질구질하고

구차하고 쪼잔하게 느껴질 때마다 나는 우주론을 읽는다.

그럼 현재 내가 처해 있는 구질구질한 상황이 실은 별것

아니라는 통 큰 생각을 하게 되기 때문이다.

'평행우주'를 상상하면서 다른 우주에서 훨씬 행복하게

살고 있는 나를 떠올리며 얼핏 위안을 얻기도 하고.

(2012. 9. 20)

휘영청 달이 걸려 있다.

구름 한 점 없는 깨끗한 하늘에 둥근 달이

걸려 있다.

한강변을 한 시간 걷고 왔다.

피곤해서 그냥 바람만 쐬고 와야지 했건만,

어느새 걷고 있었다.

걷노라니 도리어 힘이 났다.

인간이란 참 묘하지.

인체가 묘한 건가.

(2012. 10. 2)

-----------------------------------------------------------------------

몸이 안 좋다. 기운이 없어. 다리 힘이 풀려 있음을 느낀다.

나도 남들처럼 살고 싶은데, 몸이 안 따라 주니 슬프다.

하고 싶은 일이 많은데, 할 수 있는 일이 적으니 슬프다.

감기에 걸린 걸까. 열도 있는 것 같다.

다른 병이 또 생긴 건 아니겠지.

지금 여기에 또 다른 병이 생긴 거라면, 솔직히 이겨 낼

힘이 부족하다.

(2012. 10. 3. 맑음)

라디오와 CD 겸용 컴포넌트를 사야겠다. (…)
나는 요즘 고요 속에서 사니까, 아주 가끔은 고요가
무거울 때가 있다.

(2012. 10. 10. 소나기)

'슬픔'과 '무' 중 하나를 택하라면 '슬픔'을 택하겠다. 영화
〈네 멋대로 해라〉에서 여주인공 패트리샤(진 세버그)가 어느
유명 소설가의 말이라며 하는 대사다.
나도 그래. 그것이 '슬픔'이든 뭐든 '무'보다는 훨씬 낫다.
'무'(無). 끔찍하다.

(2012. 10. 18)

남들처럼 7시에 일어나 9시에 출근하지 못하게 된 지 한참
되었다.
예전엔 어찌 살았지. 하루 세 시간밖에 못 자던 그 시절엔.
그땐 젊었으니까. 삼십대였으니까.
원 없이 자 보는 게 소원이었다, 그땐. 지금은 원 없이 잘 수
있다.

그럼, 좋아진 거로군. (…)
생각이라도 할 수 있으니 얼마나 다행이냐.
정신과 약 먹을 땐 생각조차 할 수 없었다. 일은 고사하고.
할 수 있는 건 온종일 약에 취해 멍한 눈으로 하늘을,
허공을 응시하는 것뿐.
그럼, 좋아진 거 아닌가. (…)
그렇다. 좋아진 거야.

(2012. 10. 20)


오늘 한강 바람은 솜처럼 보드랍고 포근했다. 그래서
오래오래 앉아 있었다. 벤치에. 밤하늘을 올려다보며 한껏
숨을 들이쉬었다. 가슴이 후련하도록.
나의 마음과 저 우주는 하나로 통하는 것이라는데.
나의 몸은 저 우주를 이루고 있는 물질과 같은 것들로
이루어져 있다는데.
이 고통과 외로움과 불안과 사무치는 마음과 분노와
미움은 어디서 오는 것인가.
사람은 왜 이런 감정들을 느끼는 걸까. 별을 보며 그런
생각을 했다.

(2012. 10. 20)

사진관에 가서 사진을 찍어야겠다.
입학원서에 붙일 반명함판 사진.

(2012. 10. 20)

그런 일을 겪은 것만도 원통한데,
그 일을 생각하며 괴로워하느라 오늘 하루를 또 보내는 건
더 억울해.

(2012. 10. 23)

미안함은 사랑이 아니다.

(2012. 11. 22)

나는 사랑하면서 살고 싶다. 하루를 살아도
즐겁고 좋았으면.

## 3장

강변의
갈대와
밤하늘의
비행기
불빛

이번엔
협심증

1년 반 동안 계속해 온 심리상담이 종결을 앞두고 있을 무렵, 까닭 없이 심장이 두근거리고 식은땀이 나고 숨이 찼다. 왼쪽 가슴 언저리가 뜨끔거리는 것이 마치 굵은 바늘로 쿡쿡 찌르는 것 같았다. 자려고 누우면 쇳덩어리를 올려놓은 것처럼 가슴이 무겁고 숨이 안 쉬어져서 똑바로 누울 수가 없었다. 모로 누워 잠을 청해 보아도 이내 깨어 한참을 앉아 있어야 했다.

뿐만 아니라 닫힌 공간에 있으면 금세 머리가 멍해지고 숨이 가빠서 잠시도 견디기 어려웠다. 때문에 식당이나 카페에 들어갈 수 없었으며 지하철, 버스도 탈 수가 없었다. 가까운 거리는 걸어가면 되었지만 먼 곳은 어쩔 수 없이 택시를 타고는 기사에게 양해를 구해 창문을 활짝 열고서 이동해야 했다.

숨이 차서 계단이나 언덕을 오르기가 어려웠다. 무심히 대하던 계단이 어떤 이에게는 오를 수 없는 벽이 된다는 것을 처음 알았다. 지하도를 건너야 할 때마다 엘리베이터, 에스컬레이터를 찾아 빙빙 돌았다.

오랜만에 만난 친구가 깜짝 놀라 얼굴색이 왜 그러냐고 물었다. 거울에 비친 내 얼굴은 푸른색 아이섀도를 잔뜩 펴 발라 놓은 것처럼 눈 밑이 시퍼렇고, 이마부터 얼굴 절반이 퍼렇다 못해 꺼먼색이었다.

시간이 갈수록 증상은 점점 더 심해졌다. 가만히 앉아 있어도 마구 뛰는 심장, 뒤이어 이마, 겨드랑이, 가슴을 타고 흘러내리는 축축한 식은땀, 가끔씩 쥐어짜는, 오그라드는 듯 아픈 가슴, 호흡 곤란, 불면, 그리고 기운이란 기운은 다 빠져나간 것처럼 풀어지는 몸. 뭔가 문제가 생긴 것 같았다. 이번엔 또 뭘까.

심장내과를 찾아갔다. 심전도, 심장 초음파, 24시간 심전도 검사를 했으나 이상이 발견되지 않았다. 의사는 운동 부하 심장 초음파 검사를 하자고 했다. 트레드밀 속도를 높여 가며 걸으면서 심장에 부하를 주고, 그때 심장의 반응을 측정하는 것이다.

천천히 돌기 시작한 트레드밀의 속도가 차츰 빨라지던 어느 순간, 눈앞이 아득해지고 다리가 풀리며 숨이 멎을 것 같았다. 쓰러지려는 나를 곁에서 지켜보던 의사와 간호사가 얼른 부축하여 침대에 눕혔다. 혀 밑에 약을 넣어 주면서 의사는 곧 괜찮아질 거라고 했다.

한참 뒤 다시 진료실.

컴퓨터 모니터를 유심히 들여다보던 의사가 입을 뗐다.

"협심증입니다."

"네?"

"이걸 보세요."

의사가 보여 준 모니터 속의 동영상에는 일정한 리듬을 갖고 수축과 이완을 반복하고 있는 둥그스름한 물체가 보였다.

"여기가 안 좋네요."

의사는 한 부분을 가리켰다.

"협심증이 틀림없어 보입니다."

병원 밖은 따뜻한 봄날이었다. 5월의 가로수들이 연둣빛으로 물들어 있었다. 사람들이 분주히 오가고 있었으며, 저만치서 다가오는 젊은 연인은 마주 보며 활짝 웃고 있었다. 나는 화단 옆 벤치에 털썩 앉았다. 가방에서 생수를 꺼내 한 모금 마셨다. 식도를 타고 내려가는 물이 시원했다.

마음의 병이 몸의 병이 된다더니, 그렇게 심장을 칼로 도려내는 것처럼 마음이 아프더니, 결국.

눈물이 주르륵 흘렀다.

# 16년간 잡은
# 운전대를 놓다

주차장에 서 있는 차를 물끄러미 바라보다가, 후배에게 전화를 걸었다.

"면허 시험 본다더니 어떻게 됐어? 합격했으면 내 차 줄게. 무료로."

3주 전에 면허 땄다는 후배를 구청에서 만나 서류를 작성하면서 더 이상 차를 몰 수 없는 이유에 대해 설명했다. 그동안 정신과 약 먹느라 운전을 삼가 왔는데 이번에 협심증 진단을 받았다고. 이참에 운전을 아예 그만두고 운동 삼아 걸어 다닐 생각이라고. 그리고 10년도 더 된 차라 중고시장에 내놔 봐야 얼마 못 받으니 부담 갖지 말 것이며, 비록 연식은 오래됐지만 사고 난 적 없고 나름대로 신경 써 관리했으니 상태는 그리 나쁘지 않을 거라는 설명도 덧붙였다.

후배와 헤어져 뒤돌아서는데 기분이 헛헛했다. 마치 오랜 친구 하나를 떠나보내는 것 같았다. 그렇게 나는 자동차와, 운전과 작별을 했다. 운전대를 잡은 지 16년만의 일이었다.

차를 몰지 않으니 예전에는 전혀 보이지 않던 것들이 보이기 시작했다. 골목 안에 숨어 있는 조그만 카페, 있는 줄도 몰랐던 동네 식당, 버스 정류장 옆 화단의 키 작은 꽃, 그리고 언제

쳐다봤었는지 기억조차 안 나는 파란 하늘.

자동차가 갈 수 있고 주차 가능한 곳 위주로 움직였던 예전에는 전혀 알지 못했으며 관심 두지 않던 것들이 눈에 들어오기 시작한 것이다. 새롭고 아기자기하고 예쁜 세계였다.

평소 종종 다니던 한의원을 찾아갔다.

"은봉 씨 얼굴처럼 심장도 퍼렇게 멍들어 있다고 생각해 봐요."

어려운 일이 있을 때마다 멘토가 되어 주시는 의사 선생님은 인체 모형을 보여 주며 상세한 설명을 곁들였고, 건강 회복에 도움이 될 거라며 걷기를 권했다.

"실내 말고 야외에서, 오르막은 힘들 테니 평지를 걸어요. 가급적 햇볕을 쪼이면서."

새로 이사 간 동네는 한강이 가까웠다. 7분만 걸으면 한강공원으로 나갈 수 있었다. 걷기야 예전에도 하던 것이었지만 의사 선생님 권유대로 열심히 해 보기로 했다. 매일, 그것이 어려울 땐 최소한 일주일에 삼사일 한강변을 걷기 시작했다.

처음 한강변에 나간 날, 10분도 못 걷고 주저앉았다. 다리가 풀려서 걸을 수가 없었다. 안 좋은 건 심장인데 왜 다리에 힘이 없는 걸까, 의아했다. 그런데 힘이 없는 건 다리만이 아니었다. 몸 전체가 그랬다. 마치 몸의 모든 기능이 정상 상태의 절반 이하로 떨어진 것 같았다. 예전엔 안양천변을 두 시간도 걸었는

데, 우울증과 불안증에 시달리던 그때보다 체력이 더 나쁘다는
건데, 심장병이란 참 무서운 거로구나 싶었다. 남은 인생 계속
이렇게 살아야 하는 걸까. 겨우 여기까지 왔는데, 앞으로 어떡
하나. 걱정스럽기만 했다.

> 나, 건강을 되찾을 수 있을까.
> 남들처럼 여행하고 차를 타고 커피를 마시고 웃고 떠들고,
> 그렇게 살 수 있을까.
> 글쓰기는 그만두고 남들처럼 그저 '살' 수 있을까. 문득
> 걱정스러워졌다.

(2012. 10. 23. 일기)

　10분으로 시작된 걷기가 30분으로 늘어나는 데 몇 달이 걸
렸다. 쉬지 않고 내리 한 시간을 걸을 수 있게 된 것은 한참 더
뒤의 일이다. 그러나 속도는 여전히 매우 느려서, 나보다 훨씬 나
이 많은 할아버지 할머니도 나를 앞질러 갔다. 나보다 느리게 걷
는 사람은 거기 아무도 없었다.
　안양천 산책로와 한강공원은 같은 산책로지만 매우 다르
다. 안양천이 두 줄로 늘어선 나무들 사이로 걷는 흙길이라면,
한강공원은 탁 트인 한강을 바라보며 걷는 포장길이다. 안양천
길은 아늑하고 평화로우며, 한강 길은 시원하고 대범하다. 특히

내가 사는 동네의 한강은 시야에 무엇 하나 걸리는 것 없이 너르게 탁 트여 다른 데서는 쉽게 찾아볼 수 없는 풍광을 보여 주고 있었다.

운전대를 놓은 뒤 몰랐던 세계의 아름다움을 알게 된 것처럼, 한강변을 걸으면서 나는 비로소 예전엔 알지 못했던 자연의 경이로움과 마주했다. 슬며시 다가와 얼굴을 쓰다듬고 지나가는 봄바람의 부드러움, 여름날 강변 텃밭에 머리를 내민 청보리의 푸르름, 낙엽 다 지고 가지들만 남은, 그러나 그 자체로 한 떨기 꽃 같은 11월 말의 나무, 한겨울 칼바람을 누그러뜨려 주는 따스한 햇볕.

그뿐이 아니었다. 얼핏 똑같아 보이는 갈대들이 실은 다 다른 빛깔이라는 것과 그들이 몸을 부딪치며 내는 사각거리는 소리가 마치 속삭임 같다는 것, 밤하늘이 까만색이 아니라 깊고 진한 푸른색이라는 것을 처음 알았으며, 송편 모양의 달과 손톱만 한 들꽃의 어여쁨, 그리고 강물의 출렁임이 그렇게 부드러운 줄을 처음 알았다.

여름에는 한낮의 뜨거운 태양을 피해 밤에 걸었다. 걷기를 마치면 강둑 계단에 앉아 하늘을 보고 강물을 보고 내 마음을 보았다.

잊지 못할 것이다. 밤마다 걸었던 한강변의 그 풍경과 그 바람을. 계단에 걸터앉아 한 시간이고 두 시간이고 바라보던, 고도를 낮추며 밤하늘을 가로지르는 비행기의 반짝이는 불빛을. 그리고 내 마음을 타고 흘러내리던 맵고 아린 눈물.

강변의 갈대와 밤하늘의 비행기 불빛은 내 친구였다. 나는 갈대들이 내는 소리에 귀를 기울이고, 시야에 보이는 밤하늘 왼쪽 끝부터 오른쪽 끝까지 비행기가 몇 대나 떠 있나 세어 보곤 했다. 많을 땐 네 대, 적을 땐 두 대, 혹은 한 대.

깜빡깜빡 비행기 동체를 밝히는 불빛이 내게 말을 거는 것 같았다. 잘 있니, 살아 있니, 하고. 그렇게 나는 몸과 마음을 치유해 나갔다.

돈
걱정

돈 걱정이 확 다가왔다. 몇 년째 생산이라곤 전혀 없이 소비만 하고 있었다.

새 책을 한 권도 쓰지 못했으니 생산 활동은 중단된 것이나 다름없었다. 기왕에 낸 책의 인세 수입으로 버티고는 있지만 언제까지 그럴 수 있을지 알 수 없는 노릇이었다.

사학과 대학원 과정을 마칠 즈음에 썼던 어린이를 위한 역사책 『한국사 편지』와 『엄마의 역사 편지』가 좋은 반응을 얻어 이른바 베스트셀러가 되었고, 덕분에 11년간 살던 방 두 개짜리 연립주택에서 아파트로 이사를 했으며, 경제적으로 훨씬 나아졌다. 그러나 정신 줄 놓은 채 몇 년째 병치레를 하느라 소비만 계속하는 생활은 아무리 베스트셀러라도 감당하기 어려운 것이었다.

더구나 인세는 매달 꼬박꼬박 일정액이 들어오는 월급과 달리 책의 판매에 따라 들쭉날쭉한 데다가, 대개는 찍어 낸 책이 다 팔려서 새로 찍을 때에야 비로소 들어오므로 어떤 달은 인세 수입이 제로일 때도 있다. 이렇게 부정기, 부정액의 수입에 기대어 생산 없이 소비만 줄곧 하면 금방 경제적 불안정을 초래하게 된다.

대책은 새 책을 쓰는 것뿐인데, 나의 노동능력은 완전히 바닥 상태였다. 우울증과 불안증에서 겨우 벗어나 뭔가 좀 해 보려다가, 협심증이라는 뜻밖의 강력한 복병을 만나 평소의 절반도 못 되는 체력으로 간신히 몸을 지탱하고 있었으니 말이다. 나의 노동능력은 하루 서너 시간을 넘기지 못했다. 금방 피곤해지기 때문이었다. 다시 책을 쓸 수 있을 정도로 건강을 되찾으려면 시간이 필요했다.

그동안 병원비, 약값, 심리상담비, 지하철도 버스도 탈 수 없어 이동할 때마다 택시 타느라고 쓴 돈, 게다가 일할 수 없게 되면서 치른 기회비용까지 생각하면 기가 막혔다. 앞일을 생각하면 더 기가 막혔다. 세상에 돈 걱정만큼 피를 말리는 일도 없을 것이다. 갚아야 할 빚도 아직 남아 있는데 이제 생활비 걱정을 해야 하다니, 어쩌다 이렇게 되었을까 앞이 캄캄했다.

돈보다 더 속상한 것은 잃어버린 나의 시간이었다. 그 시간을 나를 위해 썼더라면, 그랬더라면. 어떤 것으로도 잃어버린 세월을 보상받을 수는 없지 않나. 시간은 되돌릴 수도, 다시 오지도 않는다. 참담했다.

어떤 달은 통장 잔고가 제로도 모자라 마이너스가 되기도 했다. 이럴 때를 대비해서 만들어 둔 마이너스 통장이었지만 선명하게 찍힌 '-' 표시를 보는 것은 절대 유쾌한 일이 아니었다.

나는 보험을 비롯해 깰 수 있는 것은 다 깨고 대출을 받아가며 보릿고개를 넘겼다. 만약 『한국사 편지』 『엄마의 역사 편지』가 없었다면 완전히 파산해 빚더미에 올라앉았을 것이며, 치료조차 제대로 받을 수 없었을 것이다. 그 책들에게, 독자들에게 진심으로 감사한다.

그래도 희망적인 것은 꾸준한 치료와 걷기로 조금씩 건강이 나아지고 있다는 사실이었다. '다행이다. 노동력을 완전히 상실하진 않았어. 일할 수 있으면 굶진 않아'라고 나는 스스로를 위로했다.


조금만 더 노력하면 다시 글을 쓸 수 있을 것 같다.
다시 생산 활동을 할 수 있을 것 같다. 시간이 조금 더 필요하다. 아직은, 아직은 안 된다.

(2014. 9. 5. 일기)

나는 스스로를 달랬다. 할 수 있는 만큼 하는 거다. 지금 이 순간 할 수 있는 만큼. 다른 사람과 비교하지 말자. 뒤처질까 염려하지도 말고. 그냥 나한테 맞게 살면 돼. 천천히. 할 수 있는 만큼. 지금 할 수 있는 만큼.


"누구랑
놀아?"

미국의 심리학자 로버트 프로바인에 따르면, 사람은 혼자 있을 때보다 여럿이 있을 때 30배 더 웃는다고 한다.[12] 하긴, 혼자 있을 때 웃는 자신을 본 적 있는가. TV 개그 프로그램을 볼 때도 여럿일 땐 크게, 오래 웃지만 혼자서는 피식 하고 말거나 웃음이 터졌다가도 금방 입을 다무는 자신을 발견할 것이다. 프로바인에 따르면, 웃음이란 "전형적인 사회적 신호(social signal)이고, 관계(relationships)에 대한 것"[13]이다. 사람은 대화 내용보다는 누군가와 대화한다는 사실 자체로 웃는다는 얘기다.

웃음이 심리적·신체적 건강에 이롭다는 것은 과학적으로나 경험적으로 널리 알려져 있다. 웃음은 면역세포를 활성화시켜 면역력을 높여 주고 자긍심과 창의력을 신장시키며, 특히 혈액순환을 돕고 스트레스 호르몬을 감소시켜 심혈관 질환에 유익하다고 한다.[14] 웃음치료라는 것도 있다. 국내 유수한 병원에서는 암 환자들을 위한 웃음치료 프로그램을 운영한다.

"은봉 씨는 깔깔 웃어야 돼. 미소 짓지 말고 깔깔! 그래야 심장이 좋아져요. 은봉 씨는 누구랑 놀아?"

한의원 의사 선생님의 말씀에 순간 멈칫했다. 아무와도 놀지 않기 때문이었다. 나는 놀지를 않고 있었다. 아무와도. 놀기는커녕 아무와 만나지도, 대화하지도 않고 있었다. 나는 완전히 혼자였다.

> 요즘의 나는 '혼자 있기'의 진수를 맛보고 있는 것 같다.
> 철저하게 뭐든지 혼자 하면서 완전히 '홀로' 세상과
> 맞닥뜨리고 있다. 하루 24시간을 완전히 '혼자' 지낸다.
> 혼자 침대에서 눈뜨고 혼자 점심 먹고 혼자 일하고 혼자
> 저녁 먹고 혼자 운동하고 혼자 집에 돌아와 혼자 있다가
> 혼자 잠자리에 든다. 아무와도 얘기하지 않는 날도 있다.
> 아무와도 심지어는 전화 통화조차 않는 날도 있다.
>
> (2013. 1. 7. 일기)

그러니 하루에 한 번도 웃지 않는 게 당연했다. 내게 필요한

것은 건강하고 생산적인 만남과 대화였다. 유쾌하고 밝은 만남, 새로운 사람과 새로운 관계 맺기. 그것이 필요했다.

사람은 관계로부터 상처받지만 에너지도 얻는다. 잃어버린 관계, 잃어버린 세계를 안타까워하기만 할 게 아니라 지금 나에게 있는 것, 비록 아주 작고 미미할지라도 지금 내가 갖고 있는 것이 무언지 살펴보고 그것으로부터 출발하기로 했다. 아직 시간은 있지 않나. 중요한 건 앞으로야. 지나가 버린 건 어쩔 수가 없잖아. 하나씩 하나씩 새로 만들어 가는 거야. 그러다 보면 어느 날 문득 느끼게 되겠지. 아! 이만큼 되었구나, 이만큼 왔구나, 하고.

겨울이 다가오고 있었다. 그날 이후 세 번째 맞는 겨울이었다. 그동안 우울증, 불안증, 협심증을 다 겪었다. 어느 정도 운신할 수 있게 되었을 때, 나는 염두에 두고 있던 것을 실천에 옮기기로 했다. 아무것도 안 하면 아무 일도 안 생기는 법이다.

세 번째 맞은 12월의 추운 토요일, 심리학 공부를 위해 대학원 면접시험을 보았다. 나 자신을 치유하러 가는 길이었다. 마음이란 대체 무엇이며 어떻게 작동하는 것인지, 왜 내 마음이 그렇게 속절없이 무너졌는지, 내 마음을 알고 나 자신을 알러 가는 길이었다. 다시는 같은 고통을 반복하지 않고 남은 인생을 행복하게 잘 살고 싶어서였다. 새로운 사람들을 만나 얘기하고 교류하는 것 자체만으로도 좋은 치유 과정이 될 거라고 생각했다. 14년 전 겨울, 오랜 재택근무에서 벗어나 세상으로 나오던 그때도 이런 기분이었다. 14년 뒤에 이럴 줄이야 그때 어찌 알았겠는가.

열흘 뒤, 합격 여부를 확인하기 위해 학교 홈페이지에 들어가 합격자 발표 창에 이름과 주민등록번호를 입력하고 엔터키를 누르려는데, 심장이 두근두근했다. 스무 살 시절, 대학 합격자 발표 때도 이렇게 두근거리진 않았던 것 같다. 결과는 합격! 기분이 참말 좋았다.

> 은둔은 이제 그만. 세상으로 나가자. (…) 내겐 남은
> 미래가 더 소중하다. 속상하고 억울할 때마다 앞으로
> 남아 있는 시간들을 떠올려라. 그리고 다시는, 다시는
> 같은 어리석음을 되풀이하지 말자.
>
> (2012. 12. 19. 일기)

그해 겨울은 유난히 눈이 많이 오고 추웠다. 얼어붙은 눈에 덮여 세상이 온통 흰색이었다. 아주 오랜만에 나는 희망에 부풀었다. 덮인 눈이 녹아 땅이 다시 검어지고 봄이 오면, 새 생활을 시작할 것이다. 새로운 사람들을 만나게 될 것이다. 기쁘다.

세 번째
치유 일기

- - - - - - - - - - - - - - - - - - - - - - - - - - - - - - - - - - - - - - -

세 번째 노트.
멀었다.
마음의 평온은.

(2012. 11. 24)

- - - - - - - - - - - - - - - - - - - - - - - - - - - - - - - - - - - - - - -

나는 사랑하면서 살고 싶다. 하루를 살아도 즐겁고
충만되게.

(2012. 11. 29)

- - - - - - - - - - - - - - - - - - - - - - - - - - - - - - - - - - - - - - -

기다림의 허망함과 기다림이라는 동력의 생명력?
기다리는 것이 있을 때 사람은 살 수 있는 것이니까.
아무것도 기다릴 것이 없고 기대할 것이 없다면, 사람은
무슨 힘으로 살 수 있을까.
나는 뭘 기다리고 뭘 기대하나, 그럼?

아무것도 기다리지 않는 것 같은데?

아냐. 실은 목마르게 기다리고 있지.

행복할 날을. 행복해, 하고 느낄 날을.

그런 기다림이 없으면 오늘의 이 힘겨움과 적막을 견뎌 낼

수 없을 것이다.

(2013. 1. 18)

앞으로는 무조건, 행복하게 잘 살고 싶다.

그럴 자격이 있다, 나는!

해서, 나는 잘 견딜 것이다. 이 고통을.

지지 않을 것이다. 이 고통에게.

반드시, 반드시 잘 살 것이다. 행복하게!!!

(2013. 2. 17)

뭘 쓰나.

뭐라고, 무엇을 쓰나.

나에게 생긴 일은 내 탓일까.

지나고 보면 다 이유가 있다고?

이유가 있는 것일까?

세상 모든 일은 우연일 뿐인 거 같은데?

우연. 운.

운 좋은 놈과 운 나쁜 놈.

좋은 운은 뭐고 나쁜 운은 뭔가.

어찌해야 할지 모르겠다. (…)

나는 무엇으로 하루를 사나.

사람은 무엇으로 매일을 사나.

위태위태, 아슬아슬하게 버티고 있다.

무너져 내릴 것 같은 정신 줄을 놓지 않으려고 무진장

애쓰고 있다. (…)

왜 이런 일이 일어난 것일까.

어떤 이유가 있는 것일까.

모든 일은 그저 우연 아닌가.

운 좋은 놈과 그렇지 않은 놈.

그거 아닌가?

모든 일은 이유가 있는 거라고?

아니, 그렇지 않다. 다만 우연이거나 운일 뿐이야.

나는 지독히도 운 나쁜 인간이다.

몇 사람이 겪을 일을 혼자 겪고 있어.

(2013. 3. 28)

어떻게 우울하지 않을 수 있겠나. 누구든.
어떻게 외롭지 않을 수 있겠나. 누구라도.
누구라도 지금 나 같은 상황에서는 우울하고 외로울
수밖에 없는 거다. 그러니까 그냥 받아들이자.
내가 왜 이러지, 나는 왜 이래야 하나 하지 말고
그래, 난 외로워. 끔찍하게.
그래, 난 우울해. 끔찍하게.
누구라도 안 그럴까. 지금 나 같은 처지라면.
이렇게 생각하자.
누구라도 외로울 테고 우울할 것이다.

(2013. 4. 15)


내 안에 눈물 보따리가 있다. 살짝 건드리기만 해도 툭
터져 버리는 눈물 보따리.

(2013. 4. 17)


온종일 아무와도 얘기하지 않았네!
아무와도 마음을 나누지 않았네!

이게 문제야! 어제는 휴강 시간에 한 시간 동안 Y랑 얘기한 게 참 좋았어. 그런 대화를 해야 해. 그게 내가 사는 길이야. 학교생활 적극적으로 하기!! 내가 먼저 다가가서 손 내밀기! 나는 나를 치유하러 학교 간 거야. 나를 치유하러. 약 먹지 않고, 상담받지 않고 살고 싶어서.

(2013. 4. 17)

밤마다 잠들기를 거부하는 사람처럼
최대한 버티다 겨우 자리에 눕는다.
왜 그러는지 나도 모르겠다.
일찍 자리에 누워 봐야 뒤척이기만 할 뿐
괴롭다는 것을 알아서인가.
차라리 버티고 버티다가
눕자마자 잠들 수 있을 만큼
지칠 때 눕는 편이 낫다고 생각해서일까.

(2013. 6. 2)

리포트를 써 보니 내가 얼마나 글을 못 쓰는지 알겠다.
글이 안 써진다. 내가 이렇게 글을 못 썼던가 싶다. 정말 그랬다.

문장 공부를 다시 하든지 해야지 안 되겠다. 한 3년

심하게 마음을 앓았더니 글 쓰는 법마저 잊어버렸나 보다.

어떡하지? (…)

많이 읽고, 많이 쓰고, 많이 생각하기.

글쓰기에 이보다 더 나은 방법이 있으랴. 그런데 지난

3년간 나는 그 셋 중 아무것도 하지 않았다. 그러니 글을 못

쓰는 건, 당연하다.

(2013. 6. 2)

- - - - - - - - - - - - - - - - - - - - - - - - - - - - - - - - - - - - - - - - - - - - - - -

사람 사는 일은 다 슬프고 마음 아픈 거로구나.

즐거움은 적고 괴로움과 슬픔은 한가득이다.

그런데도 사람은 살려 하지 죽으려 하진 않는다.

(2013. 6. 17)

- - - - - - - - - - - - - - - - - - - - - - - - - - - - - - - - - - - - - - - - - - - - - - -

참 덥다. 6월인데, 수은주는 30도를 훌쩍 넘어섰다.

지구가 변하고 있다. 기후변화를 온몸으로 느낄 수 있다.

기후변화가 이 정도로 크면, 인간의 삶도 영향을 받고

바뀌게 된다. 인간뿐 아니라 자연계, 생태계가 변화를 맞게

된다. 그 결과는 서서히 서서히 나타나겠지.

손톱은 참 빨리도 자라는구나. 일주일에 한 번 깎지 않으면
불편해서 참기가 어렵다.

나는 손톱을 길러 본 적이 없다. 길게.

항상 짧게 깎는 것이 습관이다. 어려서부터 피아노를 친
탓이다. 손톱이 길면 건반을 누르는 데 방해가 되기 때문에
늘 손톱을 짧게 깎아 버릇했다. 그랬더니 조금만 길어도
참기 어려울 만큼 답답하고 걸리적거린다.

습관이란 무서운 것이다. 일상만큼.

(2013. 6. 30)

내년 이맘때는 어떻게 살고 있을까.

어디로 이사를 가서 살고 있을까. (…)

나는 여전히 혼자 살고 있을까. (…)

나는 행복하다고 느끼며 살고 있을까.

아니면 여전히 외롭고 아프게 살고 있을까.

밤에 잠은 잘 잘까.

지금처럼 잠 못 들고 늦게까지 앉아 있을까.

아침엔 잘 일어날까.

지금처럼 오전 내내 시체처럼 뒹굴까.

심장은 튼튼해졌을까.

실내에 오래 있어도 가슴 답답하고 숨차서 괴로워하지

않아도 될까.

다리도 튼튼해졌을까.

남들처럼 산도 오르고 계단도 씩씩하게 오르고, 그럴까.

새 책을 쓰고 있을까.

여전히 한 줄도 못 쓰고 있을까.

외로워하지 않으며 살고 있을까.

즐거움과 기쁨을 느끼며 살고 있을까.

웃으며 살고 있을까.


1년 뒤, 2014년 7월 4일 이 노트를 보았을 때, 어떤 표정을

내가 짓고 있을지 궁금하다.

(2013. 7. 4)

행복, 기쁨, 평안, 근심, 미소, 즐거움, 유쾌,
발견, 신비, 탄생, 진지, 몰두, 여유, 음악,
미술, 언어, 웃음, 이건 씨앗이 물을 주고
있다. 자꾸. 내 마음밭에 물주기. 어느
씨앗이 물을 줄 것인가는 순전히 ~~내 마음~~

내게 달린 일이다.

졸겁다.

자자.

## 4장

자기
자신에게로
돌아오는
길

감정과 나 사이에
거리 두기

H는 새로 사귄 첫 번째 친구다. 처음 만난 사람들 속에서 낯설어하는 내게 다가와 H는 말을 걸었고, 우리는 친구가 되었다.

구내식당에서 밥을 먹으며 H에게 나의 이야기를 한 날, 마음이 몹시 괴롭고 힘들었다. 아주 일부분만 얘기했을 뿐인데 상실감, 분노, 슬픔, 자책감…… 온갖 감정이 소 되새김질하듯 되살아났다. 이야기도 간결하게 요약되지 않았다. 장황하고 길게 늘어놓았다. 감정에 휩싸여 고통스러웠으며 거리 두기가 잘 안 되었다. 감정과 내가 분리되지 않고 있음을 알았다, 여전히. 감정과 나 사이에 거리 두기 연습이 필요했다.

감정과 내가 분리될 수 있다는 생각을 예전엔 한 번도 해본 적이 없었다. 내 감정인데 어떻게 나와 분리될 수 있단 말인가, 당연히 하나지 싶었다. 그런데 한 몸처럼 딱 붙어 있긴 하나 이게 실은 분리되는 것임을 알았다. 우리는 보통 감정이나 생각을 나 자신과 동일시하지만 실은 그렇지 않은 것이다. 이를 '탈동일시'(disidentification)라고 한다. 탈동일시는 '감정 또는 생각을 존재, 사실 자체와 동일시하는 것으로부터 벗어남'을 말한다.[15] '감정과 나 사이에 공간을 두는 것'이 가능하다.

여기 딱 붙어 있는 자석 두 개를 떠올려 보자. 양손에 한 개씩 잡고 반대 방향으로 잡아당기면 처음에는 붙으려는 기운이 훨씬 세서 잘 안 떨어지지만 계속 잡아당기면 자석과 자석 간의 공간이 점점 벌어지면서 어느 순간 붙으려는 기운이 사라지고 자석들은 분리되어 버린다. 그런 다음엔 일부러 가까이 갖다 대기 전에는 붙지 않는다. 서로 영향을 미치지 못하는 것이다. 그와 같다, 감정과 나도. 감정과 나 사이의 거리가 1밀리, 1센티, 1미터로 벌어지는 것을 상상해 보자. 감정과 나 사이에 공간을 두는 것이다. 감정은 감정일 뿐, 더 이상 내게 영향을 미치지 못한다.

감정과 나를 분리시키는 방법은 감정을 '보는' 것이다. 화가 확 치밀어 오를 때 그걸 '보는' 거다. 어떻게 '보'냐고? 이렇게 해 보자. 화가 확 치밀어 오를 때 얼른 말한다. 속으로 말해도 좋고 소리 내어 말해도 좋다. "내가 화가 나는구나." 반복한다. "내가 화가 나는구나", "내가 화가 나는구나", "내가 화가 나는구나"…….

이때 존재하는 것은 화와 그걸 아는 나, 둘이다. 치밀어 오른 화가 있고, 그것을 지켜보는 내가 있다. 화와 나는 하나가 아니고 둘이다. 화와 나 사이에 틈이 생긴 것이다. 나는 내가 화를 내고 있다는 것을 '안다'.

알면, 뭐가 달라질까? 화가 사라지거나 잠잠해지는 것을 보게 된다. 감정은 영구불변의 것이 아니라 부단히 변한다.[16] 감정과 나 사이에 거리가 생기고 그것을 지켜보게 되면, 감정은 변해서 이윽고 사라진다. 마치 숙주를 떠난 바이러스가 오래 못 살고 사멸하듯이.

감정은, 특히 분노, 슬픔, 두려움 같은 부정적 감정은 내 안에 묻어 두거나 쌓아 두면 점점 강해지고 굳어져서 언젠가는 어떤 식으로든 분출을 하게 마련이다. 억눌린 감정이 일으키는 반란이랄까. 그것들을 꺼내어 나 밖에 내어놓고 거리를 두고 객관화시킬 때, 비로소 슬며시 눈 녹듯 사라지는 것이다.

물론 처음엔 전혀 잘되지 않았다. 그러나 꾸준히 연습하니, 마침내 어떤 감정이 일어나서 극성했다가 사라지는 것을 볼 수 있게 되었다. 마음도 단련시키려면 연습이 필요하다. 세상에 공짜는 없지 않나. 꾸준한 운동이 몸의 근육을 길러 주듯 꾸준한 연습으로 마음의 근육을 키울 수 있다.[17]

그래서 뭐가 좋아졌냐고? 휘둘리지 않게 되었다. 감정에 온통 휩싸여 괴로워하지 않고 평정심을 유지할 수 있게 되는 것이다. 감정에 압도되어 컨트롤당하는 것이 아니라 컨트롤할 수 있게 된다고 할까. 감정뿐 아니라 생각도 마찬가지다. 생각은 생각일 뿐 사실이 아니고,[18] 영구불변의 것도 아니다.

이렇게 어떤 감정이나 생각이 일어나고 사라지는 것을 지켜보며 아는 것을 '알아차림' 또는 '마음챙김'이라고 한다. 영어로는 mindfulness.[19]

mindfulness에 기초한 스트레스 감소 프로그램(MBSR; Mindfulness Based Stress Reduction)을 개발한 미국 매사추세츠 의과대학 교수 존 카밧진은 mindfulness란 "주의를 기울이는 특별한 방식으로서, 의도적으로 현재 순간에 비판단적으로 주의 기울이기"[20]라고 했다.

MBSR은 스트레스 감소 및 만성통증 완화, 그리고 우울증, 공황장애 같은 정신과 질환에 그 효과가 입증되어 있고,[21] 현재 미국의 유수한 대학, 병원, 기업 등에서 널리 운용되고 있으며 우리나라에도 도입되어 있다.

감정과 나 사이에 거리 두기 연습, 알아차림 연습은 내게 의미 있는 변화를 안겨 주었다. 솟구치는 분노 또는 슬픔에 휘말리지 않고 지그시 그것을 바라보고 있는 나를 보는 것은 신선한 경험이었다. 화가 나도 예전보다 훨씬 덜 고통스럽고 슬픔이 솟구쳐도 슬픔에 몸부림치지 않게 되니, 좋았다. 나는 일기장에 이렇게 적었다.

> 얼마 안 있어 나는 짧은 몇 마디로 지난 이야기를 말할
> 수 있을 것이다. 담담하게. 감정의 일렁임 없이. 그날이 곧
> 오리라.

(2014. 11. 12. 일기)

## 마음의
## 여백

내 안에 생각이 그렇게 많은 줄 미처 몰랐다. 생각들이 한시도
쉬지 않고 조잘거리고 있었다. 도대체 예전엔 어떻게 그 끝없는
조잘거림을 몰랐는지 신기할 정도였다. 머릿속에서 쉬지 않고
돌아가는 생각의 소리.[22]

그런데 더 놀라운 건 그 생각들이 일관성이나 체계라곤 전
혀 없이 이 생각에서 저 생각으로 마구 뛴다는 것이었다. 방금
하나의 생각을 했다가 바로 다음 순간에 전혀 상관없는 다른 생
각을 하고, 그다음에는 또 완전히 딴판인 생각을 하고 있었으
며, 문득 과거로 갔다가 다음 순간 미래에 가 있었다. 마치 고삐
풀린 망아지처럼 이리저리 뛰어다니고 있었다. 더더욱 놀라운
건 생각이 그렇다는 것을 예전엔 전혀 알지 못했으며 알려고 해

본 적도 없다는 사실이었다.

쉴 새 없이 조잘거리는 내 안의 생각을 인지하게 된 것은 호흡을 바라보면서였다. 사람은 건강한 성인의 경우 1분에 평균 15번, 하루에 약 2만 번 이상 호흡을 한다. 80살까지 산다고 하면 평생 6억 3천 번 이상 호흡을 하게 된다. 사람은 호흡을 못 하면 생존할 수가 없다. 그런데 그 많은 호흡을 하면서 정작 자신의 호흡에 대해 한 번이라도 진지하게 관심 기울여 본 사람이 과연 몇이나 될까? 나도 그랬다. 처음 명상을 해 본 날, 나는 비로소 내 호흡에 관심을 기울였다.

숨을 들이쉬고 내쉬고 들이쉬고 내쉬기를 반복하면서 의식을 아랫배의 호흡에 집중했다. 얼마만큼 시간이 흘렀을까. 문득 사방이 고요해지고 내 몸과 주위의 모든 것들이 사라진 것 같았다. 한 가닥 의식만 남았는데, 그마저 순간 사라져 버릴 것 같아 나는 그만 감았던 눈을 떠 버렸다. 두려워서였다. 한 가닥 남은 의식마저 사라지면 그다음 어떻게 될까, 쓰러지는 건 아닐까 두려웠다.

나의 첫 명상 경험을 들은 Y는 웃으며 말했다.

"내버려 둬 보지 그랬어요.. 사라지게."

Y는 H에 이어 두 번째로 사귄 친구다.

돌이켜 보면, 그때 나는 처음으로 나의 생각과 마주했던 것 같다. 언제나 내 안에 있었음에도 한 번도 제대로 마주한 적 없었던 나의 생각 말이다. 사라져 없어질까 봐 두려워 꼭 붙들어야 했던 나의 생각. 그 후, 나는 매일 밤 자기 전에 호흡 바라보기 연습을 했다.

호흡을 바라보노라면 불과 몇 초도 안 되어 금세 어떤 생각이 일어난다. 그럴 때, 생각을 없애려고 애를 쓰는 것이 아니라 그냥 아, 생각이 일어났구나 하며 알고, 다시 호흡으로 돌아온다. 실패했네, 못 했네 판단하지 말고 그냥 그렇구나 인정하고서 돌아온다.

중요한 건, 생각을 멎게 하려고 억누르는 것이 아니라 생각이 이리저리 뛰어다니는 것을 그대로 지켜보며 알아차리고 다시 호흡으로 돌아오는 것이다. 알고, 돌아오기. 그것이다. 열 번이고 백 번이고 다시 돌아온다.

물론 처음부터 잘되지 않는다. 처음엔 10분간 연습하기도 힘들었다. 그러나 꾸준히 연습하다 보니 10분이 30분, 한 시간이 되었고, 어느새 호흡에 머물러 있는 시간이 늘어나 있는 자신을 발견하게 되었다. 이리저리 뛰던 생각이 멎었을 때의 그 고요함이란.

호흡에 집중하는 것은 '지금 여기'(here and now)에 집중하는 훈련이다.[23] 과거로 미래로 쉴 새 없이 뛰어다니는 생각을 붙잡아 '지금 여기'에 갖다 놓는 것이다. 호흡은 과거에 있거나 미래에 있지 않고 '지금 여기'에 나와 함께 있다.

마음을 가다듬기.

호흡. 하나, 둘, 셋.

차분해진다. 고요함.

고요함이 흔들리면 매우 괴롭다.

'지금 여기'에 집중하기.

어제 일이나 오늘 밤 일을 생각하며 미리 걱정하지 않기.

어제 일은 지난 것이고,

오늘 밤에 할 일은 밤에 하면 된다.

Don't Worry!

(2014. 11. 10. 일기)

호흡 바라보기는 언제 어느 때나 어떤 자세로든지 할 수 있다. 앉아서 하는 것이 오래 지속할 수 있고 집중하기도 좋지만, 반드시 그래야 하는 건 아니다.[24] 나는 앉아서 하는 것에 어느 정도 익숙해진 다음에는 길을 걸을 때나 지하철에서 서서 갈 때, 카페에서, 혹은 잠자리에 누워서도 하고 일상생활 중 마음이 괴롭고 힘들다고 느껴질 때면 언제든 마음을 호흡에 두는 연습을 했다.

오늘, 마음이 산란하구나. 감정들이 미묘하게 떨리면서 평온을 잃고 있다. (…)

아무것도 기억하지 않고 오늘만 살 수 있다면 좋겠다.

1년 전 오늘이 기억나고 4년 전 오늘이 기억나서 괴롭다.

좋은 기억은 없고 괴로운 기억뿐이네.

마음을 가다듬고 호흡에 집중해 본다.

과거의 기억으로 달려가는 생각을 붙잡아 지금 여기로

갖다 놓는다. 내가 살아야 할 곳은 지금 여기이지 과거가

아니다.

(2014. 8. 16. 일기)

호흡 바라보기는 특히 '생각이 많은 사람'에게 효과적이라고 알려져 있다. 그러고 보면 호흡 바라보기는 나한테 딱 맞는 것이었는지도 모르겠다. 생각 많기로 둘째가라면 서러운 나였으니.

호흡 바라보기는 내 마음에 여백을 만들어 주었다. 생각으로 꽉 차 있던, 쉴 틈이라곤 전혀 없이 꼬리에 꼬리를 물고 일어나는 괴로운 생각들로 터질 듯하던 내 마음에 상당한 정도로 여백이 생겼다. 아무 생각 안 하고 있는 나 자신을 '문득' 발견할 수 있었다. 쉴 새 없이 조잘거리던 내 안의 생각이 잠잠해진 것을 알 수 있었다.

아무 생각도 안 일어나고 그저 고요한 나. 정말 평화롭고 좋았다.

고요한 마음. 좋다.

생각이 멈춘, 내면의 목소리가 멈춘 마음. 좋다.

(2015. 1. 19. 일기)


# 자기 자신에게로
# 돌아오는 길

추워졌다.

그래도 안양천을 걸었다. 조깅 길을 걷다가 바로 옆의
자동차 소리들이 싫어서 아래쪽 자전거 길로 내려가
걸었다.

훨씬 고요했고, 훨씬 아늑했다. 갈대숲이 바로 옆에
펼쳐지니 그 또한 좋았다.

돌아오는 길. 어느 지점에서였더라.

문득 멈춰 서서 눈을 감았다. 사방이 고요뿐인데,
고요함을 비집고 속삭이는 소리가 있었다. 갈대였다.
갈대가 서로 부딪치며 내는 속삭임이었다.

하늘은 노을에 겨워 붉다 못해 검었다. 아무도 없었다.
오로지 나 혼자였다.

그 순간이었다. 뭐라 표현하기 어려운 느낌. 자유함.
평온함. 해방감. 그런 것이 가슴을 치고 지나갔다.

두 팔을 벌리고 부는 바람을 받아안았다. (…)

차가운 바람. 검붉은 노을. 속삭이는 갈대. 그리고 무한
고요. 그 고요 속에
한 점처럼 선 나.
잊을 수 없는 풍경이었다.

(2011. 11. 20. 일기)

원래 걷기를 좋아했다. 여행을 떠나서 제일 좋은 건 낯선 동
네를 여기 기웃 저기 기웃 하며 걷는 것이다. 뭔가 고민거리가
있거나 생각의 실타래가 엉켜 풀리지 않을 때 타박타박 걷다 보
면 머릿속이 정리되면서 심신이 개운해지곤 했다. 그러니 우울
증과 불안증 진단을 받았을 때나 협심증 진단을 받고서 가장 열
심히 한 일이 다름 아닌 걷기였던 건 자연스런 일일 것이다. 달
리 할 수 있는 일이 없기도 했지만 말이다.

걷다 보면 마음의 평안을 느낄 수 있었다. 몸 아픈 것도 한
결 나아지는 기분이 들었다. 나중에 좀 더 자세히 얘기하겠지
만, 오랫동안 나를 괴롭혀 온 늘 뱃속이 뻥 뚫린 느낌이 사라진
것 역시 걷기를 하면서였다. 몸의 건강 때문에 한 일인데 실은
마음에 더 좋았던 것 같다. 걷기야말로 내겐 더없이 좋은 치유
법이었던 셈이다.

걷기를 할 때 중요한 것은 마음을 걸음에 집중한다는 점이

다. 눈은 앞을 보고 있지만 마음의 눈은 걸음에 둔다. 어떤 생각에 골똘히 빠지거나 음악을 듣거나 하지 않고 오로지 걸음걸음에 집중한다. 그러다 보면 보이는 풍경, 들리는 자동차 소리는 그저 보이는 것, 들리는 것일 뿐 내 마음의 고요함은 흔들리지 않는다는 것을 발견하게 된다. 몰입의 순간에 만나는 고요함이다. 감정의 출렁임이나 고통의 회오리가 없는 고요함. 평온함.

> 나는 아무 생각 없이 걷기 시작한다. 음악은 물론 듣지
> 않는다. 빨리 걷지도 않는다.
> 그냥 천천히, 내 걸음에 집중한다.
> 어떤 생각에 골똘히 빠지지도 않는다.
> 마음을 완전히 비우고 그냥 걸음에만 신경 쓴다. 눈에
> 들어오는 풍경들을 그대로 받아들인다. 하늘, 강물,
> 코스모스, 구름, 노을…….
>
> (2014. 7. 7. 일기)

  걷기가 건강에 유익하다는 것은 충분히 입증되어 있다. 특히 자연 속에서 걷기는 심장병, 고혈압, 당뇨병에 효과 있다는 연구 결과가 보고되어 있다.
  걷기는 몸의 건강뿐 아니라 마음의 건강에도 매우 유익하다. 규칙적이고 꾸준한 걷기는 우울과 불안을 낮춰 주고 스트레

스를 덜 느끼게 한다는 다수의 연구 결과가 나와 있다.[25] 미국의 심리학자이자 심리치료사 메리 파이퍼는 걷기는 "우울증과 슬픔 두 가지 모두에 도움이 되는 치료법"[26]이라고 했다.

걷기는 명상의 하나로도 행해져 왔다. 이를 걷기명상(walking meditation)이라고 한다. 팔리어로는 caṅkama, 한자로는 경행(經行)이라고 한다. 걷기명상을 처음 훈련할 때는 특정한 자세와 방법을 따르지만, 익숙해지면 그에 매이지 않고 자연스럽게 일상생활에 적용하여 행할 수 있다.

내가 안양천과 한강변 산책로를 열심히 걸은 것은 걷기명상을 알고서 한 일은 전혀 아니었다. 그저 걸으면 마음이 편안해지고, 건강 회복에 도움이 되리라는 생각에서 한 일이었다. 그런데 걷기명상이 따로 있으랴. 내가 해 온 것이 다름 아닌 걷기명상이었다. 가끔은 모르고 한 일이 알고 한 일 못지않게 유익할 때가 있다.

시간을 내어 나무들이 늘어선 숲길이나 강변을 걸으면 좋겠지만, 그럴 수 없다면 일상생활에서 길을 만날 때마다 마음을 걸음에 두고 걸으면 된다. 짧은 거리도 상관없다. 나는 지하철역에서 집으로 갈 때, 편의점에 물건 사러 갈 때, 심지어 엘리베이터에서 내려 복도를 걸어가는 짧은 순간까지 내가 만나는 모든 길에서 걸음에 집중하여 걷는다. 일부러 한 정류장 미리 내려 걷기도 한다.

언젠가 마라톤을 좋아하던 한 친구에게 물은 적이 있다. 힘들게 왜 뛰는 거냐고. 그는 대답하기를, 뛰다 보면 어느 순간 잡념이 사라지고 완전한 고요함을 느끼게 되는데 그게 너무 좋아서라고 했다. 나는 마라톤을 해 본 적은 없지만 몰입의 순간에 만나는 고요함은 걷기의 그것과 다르지 않을 거라고 생각한다.

나의 여섯 권의 치유 일기는 대체로 '오늘 한강을 걸었다' 혹은 '안양천을 걸었다'로 시작된다. 'Thanks 한강!'이라고 쓴 날도 있다. 한강과 안양천은 나의 치유 공간이다. 특히 한강의 탁 트인 시원함과 풍성하고 부드러운 강물은 내 마음의 문을 열어 주고 아린 상처를 어루만져 주었다.

> 한강변에 나갔다. 바람이 거셌다. 한강은 서쪽으로
> 흘러가는데, 서쪽에서 세찬 바람이 불어오니 흘러가려는
> 물과 바람에 밀린 물이 부딪쳐 강 표면이 온통
> 잔물결투성이였다. 그 위에 햇볕이 내리쪼여 눈부시게
> 반짝이는, 부서지는 햇빛 같은 풍경을 만들어 냈다. 윤슬.
> 햇빛에 부서지는 물결. 나는 이 단어가 왜 이리 좋은지
> 모르겠다. 윤슬.
> 이른 아침, 차가움이 꽃잎에 남기고 간 자취, 이슬. 한낮,
> 햇빛이 물결에 부딪쳐 만드는 눈부신 영롱함, 윤슬. (…)
> 바람이 몹시 세차서 맞고 걷기에는 힘이 들었다. (…)

그래도 40분은 걸었다.

(2015. 3. 22. 일기)

나는 강변을 걸으며 자연과 마주했다. 언제나 거기 있었음에도 한 번도 제대로 본 적 없는, 알지 못했고 알려 하지도 않았던 것들, 바람, 햇빛, 갈대, 별, 하늘, 강물, 소리…… 자연을 이루고 있는 모든 존재들이 내 안에 들어오는 것 같았으며, 나도 그 안에 있는 것 같았다. 나와 하나가 되는 것 같았다.

강변을 걸으며 나는 서서히 삶을 재건하고 있었다. 길에서도 걷고 마음으로도 걷고. 세상 모든 길이 결국 나 자신으로 돌아오는 길이었다.


## 분노는 아무것도
## 치유하지 못한다

상대는 계속 말하고 있었다. 처음에는 그저 멍할 뿐 아무 느낌이 없었다. 말소리가 점점 멀어지더니 이내 아무 소리도 들리지 않고 쉴 새 없이 움직이는 상대의 입만 보였다. 마치 무성영화의 한 장면 같았다.

문득 심장이 요동치기 시작했다. 몸 밖으로 튀어나올 듯 세차게 몸부림치는 심장. 쾅쾅거리는 심장 소리가 머릿속을 울리고 온몸의 세포들을 울렸다. 손가락 마디마다 부풀어 오른 핏줄이 당장이라도 터져 버릴 것만 같았다. 가슴이 꽉 막혀 숨이 쉬어지지 않았다. 갑자기 상대는 자리에서 벌떡 일어나 뭐라 소리치고는 가 버렸다. 나는 혼자 남았다.

숨을 크게 내쉰 다음 눈을 감고 아랫배에 의식을 집중했다. 들고 나는 호흡만 오로지 생각했다. 숨을 내쉬며 헤아렸다. 하나 둘 셋 넷. 들이쉬고 하나 둘 셋 넷. 다시 내쉬고 하나 둘 셋 넷······.

혼자라서 천만다행이라는 생각이 들었다. 아니, 혼자 두고 가 줘서 고마웠다. 그렇지 않았다면 호흡에 집중할 수 없었을 테니까. 몇 분이 지났을까. 터질 듯 부풀어 올랐던 핏줄들이 가라앉는 것 같았다. 막혔던 숨길도 조금 트였다. 천둥처럼 머릿속을 울리던 심장 소리가 작아졌다.

주섬주섬 가방을 챙겨서 일어나 걷기 시작했다. 아주 천천히 걸었다. 발바닥이 땅에 닿을 때마다 하나 둘 셋었다. 한적한 밤길이었다. 문득 어떤 장면이 불쑥 떠올랐다. 아름다운 기억이구나 싶으면 종이배에 실어 가만히 강물에 띄워 보냈다. 기억하기 싫은 장면이구나 싶으면 지우개로 싹싹 지워 버렸다. 다시는 떠오르지 말기를 바라면서.

아랫배 저 밑바닥에서 뜨거운 덩어리가 울컥 솟아오를라치면 속으로 중얼거렸다. "분노하는구나, 내가." 슬픔이 등줄기를 타고 흘러내리면 중얼거렸다. "슬퍼하는구나, 지금 나는."

　매 걸음걸음마다 분노와 슬픔, 씁쓸함과 허탈, 의구심과 자괴감이 꼬리에 꼬리를 물고 일어났으며 사라져 갔다. 그렇게 한 시간 남짓 걸었다. 현관문을 열고 집에 들어섰을 때, 나는 평온을 되찾고 있었다.

　혹독한 고통과 그로부터 얻은 지혜가 나를 단련시킨 걸까. 마음을 휘감고 있던 감정과 생각들을 한 발짝 떨어져서 바라볼 수 있었다. 나는 이토록 고통스러운데 세상은 아무렇지 않게 잘 돌아가는 것 같아 분노와 원망을 품은 적도 있었지만 이제는 알 것 같았다. 나의 분노와 원망 아니어도 뿌려진 씨앗대로 거두어지리라는 것을. 분노는 아무것도 치유하지 못한다. 분노를 재생산할 뿐.

　누군가의 말이나 행동이 마음을 몹시 아프게 할 때, 호흡을 바라보고 감정을 응시하며 평정심을 회복할 수 있게 되어 정말 기쁘다. 고통스런 기억이 떠올라 숨이 가빠지고 괴로울 때, 잠시 멈춰서 마음을 바라보면 생각이 가라앉고 미동 없는 고요함을 얻을 수 있게 되어 참으로 기쁘다. 그럴 때 느껴지는 명징함. 그 명징함이라면 웬만한 일들은 담담하게 감당해 낼 수 있을 것 같다.

　인생을 살면서 일어나는 사건과 다가오는 일을 막을 순 없을 것이다. 그렇지만 그로 인해 삶이 무너지지 않도록 할 수는 있다. 사건은 언제 어디서든 내게 다가온다. 중요한 건 그에 어떻게 대처하느냐이다.

첫 번째 화살은 어쩔 수 없을지라도 두 번째 화살은 피할 수 있다. 나는 두 번째 화살을 피하는 연습을 하고 있다.

네 번째
치유 일기

---

네 번째 노트.

(2013. 7. 7)

---

한강에 나갔다가 정말 놀랐다. 강물이 넘치고 있었다.
계단을 올라 넘어서서 산책로까지 넘어서고 있었다.
온통 물 천지였다. 세상이 온통 물로 가득 찬 것 같았다.
가로등도 꺼져 있었다. 동작대교까지도 가지 못하고
중간쯤 되돌아 걸었다. 물이 갈수록 많아지는 느낌이어서.
어느 한순간 산책로까지 잠겨 버릴지도 모르겠다 싶어서
돌아섰다.
돌아서서 걷는데 물안개가 자욱하게 피어올라 수면이
보이지 않았다. 멀리 한강대교 교각의 불빛까지 안개에
묻혀 보이지 않았다.
이런 광경은 처음이었다. 멋있다기보다는 솔직히 두려움이
일었다. 자연 앞에서 한없이 두려움을 느끼는 작은 인간!

그것이 나였다.

(2013. 7. 14. 장마. 비.)

---

주말에 연이틀을 혼자 지내는 것이 별로 좋지 않은 것
같다. 오늘 점심 때 ○○ 씨를 만나 점심 먹고 차 마시며
회의하는데, 몹시 힘들었다. 식당의 음식 그릇 부딪는
소리와 옆 테이블 손님들의 얘기 소리가 천둥처럼 크게
들렸다. 이건 신경이 매우 피곤하고 예민해져 있을
때 느끼는 현상이다. 우울감이 깊어졌을 때 느끼는
증상이기도 하고.
홀로 생각에 겨워 지낼 때 아주 많이 경험했던 증상. 매우
지치고 힘들다. 이럴 때는.
주말에 홀로 지내는 것을 하지 말아야겠다. (…)
인연 아닌 곳에 기대를 두지 마라.

(2013. 7. 15. 갬)

---

역시 사람은 사랑할 누군가가 있어야 하는 존재인가 보다.
혼자 있으면 병들기 마련. 나는 3년 동안 실컷 혼자 있었다.
새로운 단계에 접어드는 것 같다. 내 삶의 마지막 새로운

단계. 무엇이 어떻게 펼쳐질지는 알 수 없지만, 내 인생의 최종 장이 막 시작되었다는 것을 느낄 수 있다.

(2013. 12. 19)

---

사람이 불멸이 아닌 것은 참 다행스러운 일이다. 죽지 않는 존재였다면 사람은 절대로 겸손해지지 않을 것이다. 죽음이 예정되어 있기 때문에 인간은 그나마 겸손이라는 미덕을 잃어버리지 않을 수 있는 것이다.

(2014. 2. 5)

---

강변은 여전했다. 코스모스(!)가 흐드러지게 피어 있고, 코스모스 덤불이 끝나면 주황색 금잔화 비슷한 꽃이 그 뒤를 잇는다. 아마도 수입종이겠지. 키는 코스모스만 한데 꽃은 금잔화 같다. 그리고 아주 낯익지만 이름은 모르는 하얀 꽃. 우리나라 산에 들에 어디에나 피어 있지만, 그 이름을 아는 사람은 별로 없는 꽃. 그 꽃이 또 무리 지어 한쪽을 차지하고 있다.
시원한 바람이 공간을 훑고 지나가면 강물 표면에는 자디잔 주름이 잡힌다. 바람이 만들고 간 주름들.

밤하늘은 푸르다. 까만색이 아니고 푸른색이라는 것을
밤하늘을 유심히 바라본 사람은 안다.
늘 앉던 벤치에 앉아 건너편 하늘을 바라보았다. 흐린 날
때문인지 비행기 불빛은 보이지 않는다. 그렇지만 거기에
비행기가 한 대 혹은 두 대쯤 있을 거라는 것을 나는 알 수
있다.

(2014. 7. 12. 더위)

2015. 2. 19. 설날. 맑고 따뜻.

세상 일은 참 알 수 없다. 무슨 일이 언제 어떻게
일어날지 전혀 알 수가 없다. 사람 마음은 참
알 수가 없다. 내가 어떤 거라 전혀 다르게
움직이는 것이 사람 마음이다.

설날.
2015년이 쏜살이 빠르게 흘러가고 있다.
인간이 알 수 있는 희열은 지금 이 순간을
성실히 사는 것 외엔 없는 것 같다.
헛되지 않은 알 수 있으니.

136

내
마음 밭의
외로움
씨앗

상대는

내가 아니다

라디오에서 이소라의 〈바람이 분다〉가 흘러나오고 있었다. 어느 대목에서였을까. 문득 가슴께가 예리한 칼로 긋는 것처럼 아프더니 눈물이 솟았다. 아직도 아픔을 느끼는구나 싶었다. 언제쯤이면 아픔 없이 덤덤해질까.

　돌이켜 보면 나의 이별은 대개 잘 가라는 인사 없이 이루어진 것 같다. 그때도 그랬다. 안녕이라는 헤어짐의 인사도 없이 이별을 치렀다. 헤어짐을 말할 필요조차 없었다. 상대는 나와 만난 적이 없었기 때문이다. 상대의 마음은.

　기억은 사람마다 다른 것인가. 분명 같은 일을 같이 겪었는데 어쩌면 저렇게 다를까 싶을 만큼 다르고, 어쩜 그렇게 자기 식대로일까 싶을 만큼 자기 식인 것이 기억인가 보다. 한번 설정

되면 바뀌지 않고 계속 유지되는 이야기, 기억.

상대만 그럴까. 나도 그렇지 않을까. 한날한시에 같은 경험을 했다 해도 내가 느낀 것과 생각한 것은 상대와 다를 것이다.

그러고 보면 과거란 내 기억 속에만 존재하는 나의 과거인 것 같다. 다른 이는 다르게 기억한다. 그의 기억 속에 존재하는 과거는 내가 아는 과거와는 많이 혹은 전혀 다르다. 나에겐 천금 같았던 순간이 상대에겐 기억도 못 하는 일일 수 있다.

그렇게 서로 다른 세상에 사는 다른 사람들의 다른 이야기와 다른 생각들. 인간의 삶이란 그런 건지도 모르겠다. 다 다른, 저마다 각기 다른 세계를 사는 것인지도. 상대는 내가 아니고 나는 상대가 아니며, 나의 기억과 상대의 기억은 다르게 적힌다.

그러고 보면 공감이라든가 생각의 공유란 얼마나 어려운 것인가. 불가능에 가까운 것 아닐까. 내 맘 같은 남의 맘이란 애당초 가능하지 않은 것인지도 모르겠다. 그렇기 때문에 아주 조금의 공통부분만 발견해도 감격하고 기뻐하는 것 아닐는지.

MBSR(mindfulness에 기초한 스트레스 감소 프로그램)을 창안한 존 카밧진에 따르면, 생각은 실재(reality)가 아니다.[27] 오늘날 각광받는 심리치료의 하나로서 인지과학의 발달과 함께 등장한 인지치료에서는 생각은 사실(fact)이 아니며, 생각이 바뀌면 세계가 달라진다고 말한다. 실재란 객관적으로 존재하는 것이 아니라 인간이 구성해 내는 것이라는 관점은 제2차 세계대전

이후 등장한 포스트모더니즘의 핵심이기도 하다. [28]

생각이 사실이 아니고 실재도 아니라는 것은 이미 2천 년 전 유식학파도 말한 바 있다. 유식학파에 따르면, 무엇이 존재하기 때문에 인식하는 것이 아니라 인식하기 때문에 무엇이 존재한다. 인식을 떠난 인식 대상이란 존재하지 않는다. 사람마다 세계가 다르다는 얘기다. [29]

그러니까 상대에 대한 나의 믿음이 아무리 철석같다 해도 그것은 나의 믿음일 뿐 실재하는 현실이 아닐 수 있고, 자식이든 연인이든 상대를 아무리 사랑할지라도 그건 나의 감정과 생각일 뿐 상대의 그것이 나와 같을 순 없다는 것이다. 그걸 모르는 사람이 어디 있느냐고 할지 모르나, 막상 제 일이 되면 모르게 되어 버리는 것이 사람인 것 같다. 시쳇말로 콩깍지가 씌워진 걸까.

나 역시 내 식대로 보고 내 식대로의 기억을 갖고 살았더랬다. 그러다가 어느 날 그것이 실재가 아니라는, 실재와 다르다는 것을 알고 나서 그만 당혹감과 상실감에 압도당해 버렸다.

지금 돌이켜 보면 실재가 아니라는 증좌는 상당히 많이 있었다. 그땐 눈으로 보면서도 알지 못했던, 그러나 이제는 다 알 것 같은 증좌들 말이다. 하지만 나는 생각에 덮이고 믿음에 가려, 보면서도 보지 못하고 들으면서도 알지 못했다.

있는 그대로 보았어야 했다. 그런데 나는 믿고 싶은 것을 보았던 것이다.

> 여실지견(如實知見). 있는 그대로 볼 수 있어야 했는데,
> 나는 믿고 싶은 대로 보았다.

(2014. 11. 16. 일기)

## 내 마음 밭의
## 외로움 씨앗

유식학의 마음의 구조론에 따르면, 마음은 온갖 종류의 씨앗이 무수히 뿌려진 밭과 같다.[30] 그 많은 씨앗들 중 어느 씨앗에 물을 주느냐에 따라 다른 꽃이 피어나게 된다. 기쁨, 웃음, 행복 씨앗에 물을 주면 그런 꽃이 피어나고, 욕심, 분노, 어리석음 씨앗에 물을 주면 그 꽃이 자라난다. 어떤 씨앗에 물을 주느냐에 따라 마음이 달라질 수 있다.

마음 밭에는 좋은 씨앗, 건강한 씨앗만 있는 게 아니다. 좋지 않은 씨앗, 병든 씨앗, 그저 그런 씨앗 등등이 다 있다. 내가 보고 듣고 경험한 것, 내가 한 말, 행동, 품었던 생각, 느낌이 모두 마음 밭에 씨앗으로 저장된다. 그 많은 씨앗들 중에서 과연 어느 것이 자라 꽃을 피우느냐가 내 삶의 내용이 되는 것이다.

어떤 만남은 내 마음 밭의 즐거움 씨앗에 물을 주는가 하면

5장. 내 마음 밭의 외로움 씨앗

어떤 만남은 괴로움 씨앗에 물을 주기도 한다. 미국의 심리학자이자 심리치료사 메리 파이퍼는 말했다.

"지나친 차이는 사람을 외롭게 만듭니다."[31]
—메리 파이퍼, 『나는 심리치료사입니다』

나의 바람과 상대의 바람이 아주 많이 다를 때, 사람의 마음에는 외로움이 자란다. 바람의 차이가 크면 클수록 마음속 공허도 커진다. 그런 만남은 마음 밭 외로움 씨앗을 무럭무럭 자라게 하는 만남이다. 그러고 보면 나는 내 외로움 씨앗에 줄기차게, 하염없이, 양동이째로 물을 들이붓는 만남들을 해 온 셈이다.

그런데 물을 준 사람은 다름 아닌 바로 나 자신이었다. 바라보는 곳이 서로 다르다는 것을 알았으면 망설이지 말고 일어서야 했는데, 그러지 못하고 머뭇거리며 맴을 도는 동안 씨앗은 거침없이 자라나 뿌리를 뻗고 똬리를 틀어 마음에 들어앉았다. 그리고 시간이 흐르면서 다른 씨앗들은 그에 덮여 숨을 죽이게 되었다.

알면서도 머뭇거린 이유는 아이러니하게도 혼자가 무서워서였다. 나는 이미 혼자를 무서워하는 병에 걸려 있었다. 혼자 남게 될까 봐, 혼자를 견딜 자신이 없어서, 그 어떤 것도 혼자보다는 나았기 때문에 침묵했던 것이다.

떠나야 할 순간에 떠나지 못함으로써 외로움이 깊어지고 그것이 다시 떠남을 어렵게 만드는 악순환. 그것의 무한 반복. 지금 같으면 당장 그만둘 일이었다. 외로움이 두려워 저지른 우 (愚)였다.

> 빨리 인정하고, 그리고 내 길을 갔어야 했다. 혹시나 하고 기대하고 또 기대하며 여기까지 온 것은 전적으로 나의 집착과 미련, 어리석음이었다.
>
> (2013. 7. 19. 일기)

이제라도 늦지 않았다. 나는 외로움 씨앗에 물 주기를 멈추기로 했다. 남은 인생을 건강하게 살려면 반드시 그래야 할 것 같았다. 엄청나게 자라난 외로움 씨앗을 가라앉히고 다른 씨앗을 키워 보자. 내 마음 밭에는 웃음, 희망, 사랑, 평온, 행복 씨앗도 있지 않을까. 그런 씨앗들이 자라나 외로움 씨앗을 덮고 꽃을 피우게 할 수 있지 않을까.

어느 씨앗에 물을 줄 것인가는 순전히 내게 달린 일이다. 꽃씨를 심어 놓고 잘 자라지 않는다고 해서 꽃씨를 탓하는 사람은 없지 않나. 좋은 씨앗이 약할 땐 그를 돌보고 정성껏 가꿔 주어야 하고, 좋지 않은 씨앗이 너무 강할 땐 거기에 물이 집중되지 않도록 주의해야 한다.

　즐거운 대화, 유쾌한 만남, 아름다운 것들, 이를테면 자연, 음악, 꽃, 예술, 웃음과 접하는 것은 마음 밭 좋은 씨앗에 물을 주는 일이다. 아름다움, 자연, 즐거운 인간관계는 영혼의 상처를 아물게 하는 치료제라고 했다.[32]

　삶에 괴로움은 존재하기 마련이다. 그러나 괴로움 씨앗이 행복 씨앗을 덮어 버리지 않도록 할 수는 있다. 그렇게 마음 밭을 가꾸면, 삶이 바뀔 것이다. 운명도 바뀌고.

> 즐거움과 기쁨, 행복의 씨앗에 매일매일 물을 주자. 그럼 머지않아 그 씨앗에서 싹이 트고 가지가 뻗고 이파리가 무성하게 솟고 예쁜 꽃이 필 것이다.

(2013. 7. 24. 일기)

## 패턴 깨기,
## 경이의 순간

패턴을 깨는 것은 쉽지 않았다. 익숙해질 대로 익숙해진 오래된 패턴을 깨기란 더더욱 그랬다. 지금껏 나의 만남은 동일한 패턴을 보여 왔다. 따뜻하고, 편안하고, 쉴 수 있고, 위로받을 수 있고, 힘을 얻을 수 있는 마음 의지처. 그것을 나는 언제나 밖에서 찾았다.

그러나 그 추구는 결핍의 재생산, 외로움과 불안의 끝없는 재생산일 뿐이었다. 동일한 패턴의 반복. 이번에 이를 깨지 못하면 얼마 안 가 또 후회하며 가슴을 치게 될 것 같았다. 후회하며 보내기엔 남은 시간이 짧지 않은가.

깨지고 난 뒤에도 패턴의 그림자는 한동안 남았다. 마치 돌아가던 선풍기가 전원을 꺼도 이내 멈추지 않고 한동안 돌다가 멈추는 것처럼. 오랜 습관이 되어 나에게 배어 있는 것인 만큼 그림자도 길고 짙었으며, 내 무의식 저 밑바닥까지 완전히 적신 습관 에너지인 만큼 사라지기까지는 시간이 필요했다.

하지만 그건 밀턴 에릭슨이 말하는 '경이의 순간'[33]이다. 미국의 정신과 의사이자 심리상담가인 밀턴 에릭슨은 패턴이 깨지는 순간을 '경이의 순간'이라고 했다. 낡은 것이 새로운 것으로 바뀔 수 있는 가능성이 열리는 순간이기 때문이다. 막막함과 혼란의 순간처럼 느껴지지만 실은 과거의 패턴이 무너지고 새로운 미래로 가는 길이 열리는, 그래서 경이롭고 축복받은 순간인 것이다.

패턴 깨기는 변화를 낳는 순간이다. 그것이 아무리 작은 균열일지라도. "작은 변화가 궁극적인 변화를 가져온다"[34]고 에릭슨은 말했다.

그런데 정작 그 순간에는 그냥 담담했다. 하루가 지나고 나니 아릿한 슬픔이 느껴졌으며, 이틀이 지났을 때는 씁쓸함과 헛헛함이 찾아왔다. 왜 아름답게 기억되는 추억이 없을까. 추억이란 단어에는 흐뭇함과 따스함이 담겨 있는데, 좋은 기억, 기쁜 기억, 소중한 기억이 왜 그리 적고 아픈 기억, 힘든 기억만 많은 걸까.

사랑과 소통을 소망하고 그리워하면서도 실제로는 왜 그렇게 살지 못했을까. 그 많은 세월이 대체 무엇이었나. 사랑한 기억 때문에 괴로운 것이 아니라 사랑한 기억이 없어서 괴로웠다.

그러나 동일한 패턴에 다시 사로잡히지 않으려면 대상과 관련된 생각과 마음을 전부 다 내려놓아야 한다. 분노도 생각하는 거다. 당장은 거기까지 이르지 못했을지라도 부지런히 몸과 마음을 닦으면 머지않아 닿을 수 있을 것이다. 소식을 들어도 아무렇지 않고, 이름을 입에 올려도 마음이 고요한 그런 순간을 만나게 될 것이다. 전원이 꺼진 선풍기는 멈추기 마련이다.

사람은 저마다의 세계를 갖고 있고, 누군가와 함께한다는 것은 그의 세계와 함께하는 것이기도 하다. 한 사람이 올 때 한 세계가 오고, 한 사람이 갈 때 한 세계도 간다.

나는 오랫동안 알아 온 한 세계와 드디어 작별을 고했다. 이것이 새로운 세계가 열리는 경이의 순간이 될지 어떨지는 순전히 내게 달려 있다.

내년
오늘엔

부쩍 눈이 침침해졌다. 눈이 부시고 시려서 미간을 찌푸려야 모니터가 제대로 보였다. 안경을 벗었다 썼다 해 봤지만 소용없었다. 시력이 더 떨어질 모양이었다. 한 번씩 아프고 나면 시력이 한 단계 더 떨어지곤 했다. 이래 갖고서야 앞으로 어떻게 일을 하지, 걱정이 앞섰다.

몸이 늙고 있었다. 자고 나면 아픈 곳이 바뀌고, 집중할 수 있는 시간이 짧아졌으며, 흰머리가 눈에 띄게 늘었다. 이젠 염색 않고 버틸 재간이 없을 것 같았다. 얼마 전부터는 어깨에 달려 있는 것이 부담스러울 만큼 팔이 아팠다. 오십이 되면서 느꼈던 변화와는 또 다른 질적 변화가 며칠 사이에 온몸에 느껴졌다. 모든 신체 능력이 작년과 현저하게 달랐다. 나이 듦은 몸이 가장 잘 안다더니 이렇게 늙어 가는 것인가 보다.

오십대의 절반이 다 가고 있었다. 정신 줄 놓고 헤매다 문득 돌아보니 세월이 가 버린 꼴이었다. 허송세월이었을까. 그래도 뭔가 의미가 있겠지 하고 위안거리를 찾아보려 했지만 뾰족한 게 떠오르지 않았다. 다시는 돌아오지 않을 시간들.

하지만 받아들여야지 어쩌겠나. 그 또한 나의 삶인 것을. 그래도 내게는 남은 시간이 있잖은가. 적어도 20년은 있지 않을까. 그건 스무 번의 가을과 스무 번의 봄을 맞을 수 있는 시간이다. 내겐 적어도 스무 번의 가을이 남아 있는 것이다. 행복할.

세상엔 슬픈 일만큼 좋은 일도 있다. 가슴 아프게 하는 사람이 있는 만큼 감사한 사람이 있다. 헤아릴 수 없이 많은 별과 잴 수 없이 광대한 우주가 있는가 하면, 아주 작지만 그 깊이를 알 수 없고 복잡하기 끝이 없는 마음이란 것이 있다. 제대로 사랑해 보지도 못했으면서 영혼이 무너져 버린 사람이 있는가 하면, 사랑 앞에서는 매우 용감해지는 사람도 있다. 어쨌든 내겐 스무 번의 가을이 남아 있다. 그중 적어도 몇 번은 행복하겠지.

잃어버린 시간만도 안타깝기 그지없는데, 그거 안타까워하느라고 남은 시간마저 잃고 싶지 않았다. 행복할 궁리만 하기에도 짧은 것이 인생이다. 내게 중요한 건 오늘이고 내일이지 과거가 아니다.

시간은 흐르고, 날은 간다. 내년 오늘엔 오늘보다 더 나아져 있을 것이다. 내년 오늘엔 오늘보다 더 기뻐하고 있을 것이다. 작년 오늘보다 오늘이 훨씬 평안하고 행복한 걸 보면, 내년 오늘이 분명 그럴 거라고 믿어도 좋을 것이다.

거울 앞에 섰다. 이마의 잔주름이 도드라져 보였다. 나는 거울 속 나에게 말을 건넸다.

"시간은 상대적인 거야. 네가 길다고 생각하면 길어지고, 네가 깊다고 생각하면 깊어져."

그렇다. 충만된 삶이라면 하루도 1년 같고 1년이 10년 같을 수 있다. 오늘을 충실히 살면 1년 뒤 오늘은 분명 더 나아져 있을 것이다. 거울 속 얼굴에 미소가 번졌다.

내년 오늘엔 오늘보다 훨씬 행복할 것이다.
내년 오늘엔 오늘보다 훨씬 평안할 것이다.

(2014. 9. 12. 일기)

다섯 번째
치유 일기


- - - - - - - - - - - - - - - - - - - - - - - - - - - - - - - -

다섯 번째 노트.

(2014. 8. 16)

- - - - - - - - - - - - - - - - - - - - - - - - - - - - - - - -

그러니까 결국은 내 마음먹기 달렸다는 거다.
복잡한 이론도 화사한 논증도 다 결국은 그거야.
내 마음 잘 알아차리고 내 마음 잘 다스리고 내 마음 잘
돌보라는 거지.
허상에 매달리지 말고 영원한 것 쫓지 말고 변화하면
변화하는 그대로 인정하고 수용하라는 거지.
인생은 이미 죽음이 예정돼 있는 것이니 살아 있는
순간순간을 아름답게 살라는 거지.
나를 괴롭히고 상처 준 자를 욕하고 원망하는 데 쓸
시간을 나 자신의 삶을 가꾸는 데 쓰라는 거지.
내 인생은 왜 요 모양 요 꼴이냐고 한탄할 게 아니라
남은 인생 잘 살기 위해 지금껏 살아온 내 행동 방식을

바꾸라는 거지.

알고 보면 쉽고 단순한 거야. 붓다의 진리란.

진리란 사실 그래. 쉽고 소박하고 간결하지.

복잡하고 어렵고 장황하지 않다.

(2014. 8. 20)

----------------------------------------------------------------

한 점.

눈앞의 한 점만 보며 걸었다. 한강변 한 시간 10분.

개운하고, 노곤하고, 그리고 평온하다.

이 상태를 유지하고 싶다.

중간쯤 걸었을 때, 문득 작년 오늘 즈음이 떠올랐다.

숨이 차오르며 가슴에 고통이 느껴졌다.

그날의 고통들이 고스란히 다시 느껴졌다.

재빨리 '알아차림'을 했다. 숨을 내쉬었다.


기억이란 대체 무엇일까. 어디에 기억되는 걸까.

고통은 감정이다. 이성이 아니야.

인간이 느끼는 희로애락은 모두 감정이다.

이성이 아니야.

감정은 인간이 지닌 최고의 축복이자 저주다.

감정이 없다면 고통도 없겠지. 기쁨도 물론 없고.
감정은 인간만 갖고 있는 게 아니다. 다른 동물도 있어.
강아지도, 새도. 식물도 있다. 감정을 갖고 있어. 그럼
감정은 생명이 가진 축복이요 저주일까.

(2014. 9. 6)

지갑을 잃어버렸다. 월요일 2교시 시작 즈음에. 화장실에
두고 나온 거 같기도 하고, 교실에서 빠뜨린 것 같기도 하고
정확한 기억이 없다.
몽땅 잃었다. 그런데 별로 슬프거나 화나지 않는다. 도리어
시원(?)한 기분마저 있다. 뭔가 새 출발의 계기인 것만
같아서.

(2014. 9. 17)

나의 방어기제는 '지성화'(intellectualization)라는 것을
알았다. 지독한 감정적 동요일수록 지독하게 이성화,
이론화하는 것.
남들은 차분하고 냉정하게 잘 대처한다고 칭찬하지만,
실은 나로서는 회피인 것이다.

전형적인 감정-직관형인 내가 문학이 아니라 역사학을
택하고 역사책을 쓰는 것도
실은 방어기제 '지성화'의 작동이라 할 수 있다. 그렇게
하지 않고서는 도저히 감당할 수 없겠기에 그리한 것이다.

(2014. 9. 27)

- - - - - - - - - - - - - - - - - - - - - - - - - - - - - - -

간밤의 꿈 때문에 온종일 기분이 처져 있었다는 것을
한강을 다 걷고 난 뒤에야 깨달았다. 간밤의 꿈을 있게
한 것은 카톡의 '새 친구' 이름이었다. 해서 그 이름을
지웠다. '차단'했다. 카톡에 이름 하나 뜬 것만으로 책 한 권
분량의 장편 꿈을 꾸었으며, 그 꿈으로 인해 온종일 기분이
다운되어 있었다니……
눈이 많이 아프다. 이래 갖고서야 어떻게 글을 쓰고 책을
볼까, 싶다. 큰일이다. 앞으로 노동하며 살아야 하는 시간이
자그마치 20년은 될 듯한데, 어떡하나. 대신 일해 줄
사람도 없고, 놀고먹을 팔자도 못 되는데.
큰일이구나.

(2014. 10. 3)

매일 자기 전, 그리고 아침에 눈뜨자마자
속으로 외고 또 왼다.
"○○이가 행복하기를─"
거기다 한 가지를 덧붙이기로 했다.
"나도 행복하기를─"
내가 행복해야 ○○이에게 좋은 기운을 전달해 줄 수 있다.
"○○이가 행복하기를─"
"나도 행복하기를─"

(2014. 10. 10)


전화 통화. 그것의 여파가 매우 컸던 것 같다. 그날 저녁,
간신히 수업 마치고 감기약을 먹고 겨우 잤으며, 다음 날도
온종일 몸살 비슷하게 몸이 안 좋았다.
실은 마음이 안 좋았지. 그러더니 왼쪽 머리 전체가
찌릿찌릿 아프기 시작한 것이다. 왼쪽 목부터 위로 타고
올라가면서.
나는 신체 증상이 심한 사람이다. 마음 상태가 곧바로
몸으로 나타난다. (…)
누구와 어떤 내용의 통화를 하든, 혹은 만남을 하든 동요

없이 담담하게 대할 수 있어야 해. 여태 공부한 게 뭐였어.

그러려고 공부한 거지.

수행이 잘되었나 여부는 사람을 만나 보면 안다, 고 했지.

난 아직 머~얼었나 보다. 전화 통화 한 번에 감기 몸살에다

신경통까지 얻었으니.

앞으로 헤쳐 갈 일이 아득하구나.

(2014. 10. 10)

- - - - - - - - - - - - - - - - - - - - - - - - - - - - - - - - - - - - - - - - - -

심장이, 가슴이 두근두근.

안 좋다.

피곤하고.

우울하고.

괜히 긴장되고, 불안하다.

왜 그럴까.

다시 상담을 받을까.

뭔가, 뭔가 대책이 필요한데

뭘 어찌해야 할지 잘 모르겠다.

왜 그런지도 모르겠고.

괜찮다가도 이내 그리되고,

그렇다가도 또 괜찮아진다.

눈이 아프고 침침하다.

기운이 없다.

(2014. 10. 27)

- - - - - - - - - - - - - - - - - - - - - - - - - - - - - - - - - - - - - - - - - - -

한강을 걸었다. 같은 거리를 걷는데 시간이 단축되었다.
예전엔 한 시간 10분 걸렸지. 그런데 얼마 전부터는 한 시간
6분으로 줄더니, 오늘은 한 시간 만에 종점에 도착했다.
그만큼 건강이 좋아졌다는 뜻? 기분 좋구나.
마음이 아주 차분하다. 왠지 모를 불안과 긴장, 불편함이
사라졌다. 맞닥뜨려 보니 괜찮았던 것일까? 할 만하다고
느낀 건가? 아무튼, 괜찮다. 세상으로 나갈 준비가 된 것
같다. (…) 잘 견뎌 낼 수 있을 것 같다. 아니, 담담하게 동요
없이, 고요한 마음으로 만날 수 있을 것 같다. (…)
비상. (…)
힘차게 날아올라 유유히 비행하리라. 머뭇거림 없이, 매임
없이.

(2014. 11. 5)

며칠 전부터 갑자기 음악이 들리기 시작했다. 아니, 내
속에서 음악이 맴돌기 시작했다.
아무리 좋은 노래여도 그때뿐 마음에 남지 않았었는데,
얼마 전부터 음악이 마음에 남기 시작했다. 이젠 음악을
들을 수 있고, 할 수 있을 것 같다. 정상이 되었구나.
하나씩 둘씩 제 모습을 되찾아 가는 나 자신, 대견스럽다.
참으로 오랜 시간이 걸렸지만, 뭐 괜찮다. 앞으로 남은
시간도 많으니까.

(2014. 12. 12)

그렇게 약을 많이 먹었었구나.
영수증을 정리하며 보니 정말 기가 막힌다.
어떻게 견뎠는지, 그 시간을.
스스로를 칭찬해 주고 싶다. 참 잘 견뎠다.
하루 세 번. 한 번에 서너 알씩.
기가 막힌다.
나는 그때 숨만 쉬며 살았다. 간신히.

(2015. 1. 26)

어제 다 읽은 위고의 『웃는 남자』는 오늘까지도 마음에
아릿한 여운을 남기고 있다. 산다는 일의 고단함과 비애.
인간은 어디까지 잔혹해질 수 있을까. 답은 무한대.

(2015. 2. 8)

오랜만에 한강에 나갔다.
따뜻한 날씨 덕분에 더울 지경이었다. 목도리를 벗어서
손에 들고, 장갑은 주머니에 꽂아 넣고서 걸었다. 두꺼운 털
오버가 무거울 정도였다.
어젯밤, 잠들기가 매우 어려웠다. 호흡명상을 아무리 해도
잠들어지지가 않았다. 땀만 나고 온몸에 통증이 있었다. 왜
그랬을까.
오늘 걸으면서 문득 알았다. 생각이 매우 많구나. 그래서
그랬구나.
생각이 멈추어야 고요가 찾아오고 평안한 잠을 잘 수
있는데, 생각이 멈추지를 않는구나. 진행 중인 일들이
많고, 신경 써야 할 것들이 많다. 팔 뒤쪽은 늘 아프다.
요가를 다시 해야 할까 보다. 오늘 밤에 당장 해 보자. 팔의
통증도 잠 못 드는 이유 중 하나다. 몸 전체가 긴장하고

있다. 이완이 안 되고. 그러니 잠을 못 자지.

걷기는 언제나 내게 알아차림과 통찰을 준다.

(2015. 2. 20. 따뜻)

- - - - - - - - - - - - - - - - - - - - - - - - - - - - - - - - - - - - - - -

미장원까지 걸어갔다. 두 시간.

힘들다. 일찍 들어가서 쉬어야겠다.

요번 주, 꽉 찬 일정을 무난히 다 소화했다.

피곤을 느끼는 몸.

나이 앞에서는 어쩔 수 없다. 그렇지만 마음은 고요하니,

별 흔들림이 없으니 다행이다.


"한 사건이 삶 전체를 무너뜨리기도 한다. 내가 그랬다."

문득 떠오른 문장이었다. 이 문장으로 시작하는 글을 혹은

책을 쓰는 날이 올까? 글쎄다. 모를 일이다.

(2015. 3. 13. 파랗게 예쁜 하늘)

- - - - - - - - - - - - - - - - - - - - - - - - - - - - - - - - - - - - - - -

통찰은 쌓인 끝에 일어난다. 여러 가지가 차곡차곡 저도

모르게 쌓인 위에, 뭔가가 방아쇠를 당기면, 불꽃이

한순간에 휘리릭 일어나듯이 일어나는 깨달음이

통찰이다.

(2015. 4. 1)

- - - - - - - - - - - - - - - - - - - - - - - - - - - - - - - - - -

도그마 때문에 동족을 죽이고 다치게 하는 건 사람밖에
없을 것이다. 얼마나 어리석은 짓인지. 지금도, 이
21세기에도 도그마는 버젓이 활개를 치고 있다. 그 때문에
울고 다치고 죽는 사람이 얼마나 많은지. 인간은 똑똑한
듯하면서도 엄청나게 어리석다.

(2015. 4. 5. 흐리고 가끔 비)

- - - - - - - - - - - - - - - - - - - - - - - - - - - - - - - - - -

오랜만에, 아주 오랜만에 소설을 읽었다.
오르트만의 『곰스크로 가는 기차』.
단편소설집이다. 대부분의 사람들은 「곰스크로 가는
기차」에 열광하나 본데, 나는 그보다는 「럼주 차」가
좋았다. (…)
밀려드는 바닷물 속에 버티고 서서 달과 이야기하며
파이프 담배를 빠는 남자라니.
읽는 동안 마치 내가 그 남자가 되고, 가슴을 넘어
얼굴까지 넘보는 바닷물이 주는 형언키 어려운 두려움이

느껴졌다.

끝내 승리하고 무사히 집으로 돌아오는 남자.

(2015. 8. 7. 무더위. 오후 소나기. 천둥.)

- - - - - - - - - - - - - - - - - - - - - - - - - - - - - - - - - - - - - - -

어제 일이 까마득하게 여겨진다. 일주일 전 일은 몇
년이라도 된 것 같다. 왜일까. 순간에 집중하기 때문일까.
온전히 지금 이 순간에 집중하기 때문에 순간이 영원처럼
길고 멀게 느껴지는 것 아닐까. 온전히, 맹렬히(?) 순간을
살다! 과거도 미래도 계산에 넣지 않고, 온전히, 맹렬히
지금 이 순간에 집중하여 살다.

(2015. 8. 17. 맑음)

2015. 11. 18。 비.

가을이 우기로 변했나. 계속 비가 오고 있다.
11월이 절반을 넘어서고 있다. 이렇게 비가 자꾸
내리면 나뭇잎이 너무 빨리 떨어져버릴 텐데.
11월의 나뭇잎을 충분히 만끽하기도 전에 말이다.
가까운 공원에라도 다녀와야 한가. 더 떨어지기 전에

오늘 비라는 여유를 찾았다.
심심? 아니 무료하다곤는 생각이 들 만큼의 여유.
숨차게 쫓기다가 갑자기 텅 빈 데 있으려니, 이상
그런 기분이다.

## 6장

떠나가는

것은

지켜볼

뿐

## 모든 것은
## 변한다

사람은 시간과 공간 속에서 산다. 판타지나 SF 영화 속에서라면 몰라도 현실에서 시공을 초월하여 살 수 있는 인간은 없다. 시간과 공간은 모든 인간에게 주어진 공통의 삶의 조건인 셈이다. 그래서일까. 대부분의 사람들은 시간에 대해 지극히 당연한 것으로 여기고 별다른 의문을 품지 않는다.

그렇지만 과학자들에 따르면, 시간은 절대적인 것이 아니라 상대적이고 가변적이다. 아인슈타인은 관찰자의 상대적 속도에 따라 시간이 달라진다고 했다. 나와 상대의 속도에 따라서 나의 1초가 상대에게는 1초가 아닐 수 있고, 상대의 한 시간이 나에게는 한 시간이 아닐 수 있다는 것이다. 모든 인간에게 공평해 보이는 시간마저 실은 상대적이고 가변적이라니, 세상에 절대적인 고정불변의 것이란 과연 있을까.

역사에서 시간은 '변화'를 의미한다. 시간의 흐름에 따르는 변화 개념을 이해하는 것이야말로 역사를 이해하는 요체라고 해도 과언은 아닐 것이다. 역사에서 공간은 '다름'에 대한 이해라고 할 수 있다. 다른 공간에서의 삶은 틀림이나 우열이 아니라 다름일 뿐이라는 것을 알고, 있는 그대로 받아들이는 것이다. 그리고 그 다름과 다름이 서로 맺고 있는 '관계'에 대해 탐색하는 것이다.

인간은 원시시대나 21세기에나 홀로 고립되어 살 수 없고 관계 속에서 상호작용하며 살아간다. 전지구상의 모든 인간이 얼마나 밀접한 관계 속에서 살아가고 있는지, 인간이 얼마나 고립이나 격리를 못 견뎌 하는지 최근 우리는 눈에 보이지 않는 바이러스 하나로 충분히 확인했다.

그런데 시간과 공간은 늘 함께 움직인다. 역사란 이러한 시간과 공간 속 존재로서의 인간을 이해하려는 것이라고 할 수 있다. '변화'와 '관계'야말로 인간 이해의 키워드가 아닐까 싶다.

흔히들 말하는 인생무상은 허무함이나 덧없음의 다른 표현이지만, 내 생각에 무상(無常)은 오히려 변화요 새로움의 연속이다. 항상적인 것, 고정불변의 것이 없다는 건 바꿔 말하면 끊임없이 변한다는 뜻이기 때문이다. 지나가 버린 과거에 집착하면 허무함이나 덧없음이 되겠지만, 다가오는 것에 눈을 돌리면 새로움이 된다. 그러고 보면 무상은 허무함이 아니라 설레는 새로움의 연속이라고 할 수 있다.

변하는 건 세상뿐이 아니다. 나 자신도 끊임없이 변한다. 내 마음을 들여다보면 불과 며칠 전의 나와 지금의 나가 전혀 다르다는 것을 알 수 있다. 한때는 그것 없인 못 살 것 같을 만큼 좋던 것에 대해 시간이 흐른 뒤에는 언제 그랬냐 싶게 심드렁해져 있는 나 자신을 발견하게 된다. 지금은 죽고 못 살 만큼 소중하게 느껴지는 것도 언젠가는 아무 느낌 없는 것으로 바뀔 수가 있는 것이다.

시간은 끊임없이 흐르고, 나도 상대도 세상도 변한다. 고정불변인 건 아무것도 없다. 있다면, 그렇다는 사실뿐.

변화를 낳는 건 관계다. 모든 존재가 관계 속에 있다면 관계가 변할 때 존재도 변하기 때문이다. 모든 존재는 서로 관계를 가짐으로써 존재할 수 있고, 그 관계가 깨어질 때 존재도 사라진다는 말은 그런 의미 아닐까. 상대가 있기에 아픔이 있고, 상대가 없으면 아픔도 없다.

변하는 것과 변하는 것이 닿아 빚어내는 끝없는 만남과 헤어짐의 연속. 그것이 세계요 삶 아닐는지. 그러니 사라지는 것은 사라지는 대로, 지나가는 것은 지나가는 대로 지켜볼 뿐이다. 아무리 애를 태워도 갈 것은 가고 떠날 것은 떠난다. 변하는 것과 변하는 것이 만나 잠시 맺어졌던 인연이 이제 풀린 것이니까.

죽음도 다르지 않을 거라고 생각한다. 죽음 역시 삶의 한 과정으로서 삶 안에 있는 것이니.

그러므로 매일 기억하자. 모든 것은 변하고, 헤어짐은 피할 길이 없다. 그리고 만남은 또 온다.


뉘우치지도 않고
어떻게 새날을 소망하랴

한강변을 걷고 있었다. 걸음에 온전히 집중하여 걷고 있으면 마음이 고요해진다. 잔물결 하나 없이 거울처럼 맑고 잔잔해진다. 그러다 문득 솟구쳐 오르는 생각과 만날 때가 있다. 잔잔한 수면 위로 불현듯 뛰어오르는 날치처럼 생각이 뛰어오르는 것이다. 내 마음 깊은 심연에 가만히 웅크리고 있다가 문득 의식 위로 솟아오르는 생각. 이날 내가 만난 것은 그런 생각이었다.

나는 대가를 치른 것이었다. 내가 저지른 잘못에 대해 대가를 치른 것이었다. 내가 행했던 그대로 내게 돌아왔다. 지난 시간들이 허송세월이었던 것만 같아 헛되고 억울하게 여겨졌는데 그게 아니었구나, 그런 의미가 있었구나 하는 깨우침이 들었다.

나로 인해, 나의 행동과 말로 인해 상처받은 사람들, 그들이 얼마나 고통스러워했을지 이제야 알 것 같았다. 똑같은 방식으로 나는 아픔을 당하고 겪었다. 그들이 이렇게 괴로워했겠구나, 이제야 알 것 같았다.

나는 잘못한 게 없는데 왜 이런 고통을 겪어야 하냐고 원망을 품었었지만 그게 아니었다. 나는 잘못한 게 많았다. 아주. 나의 고통만 생각하며 괴롭다고 몸부림쳤었지만 그게 아니었다. 나도 누군가에게 그런 고통을 주었다. 그리고 그 모든 결과가 다름 아닌 내게 돌아온 것이었다.

살면서 내가 행한 잘못들, 알고 한 잘못, 모르고 한 잘못, 말로 행동으로 생각으로 저지른 온갖 잘못들이 떠올랐다. 하지 말았어야 할 일을 한 잘못, 했어야 할 일을 하지 않은 잘못, 모두 부끄럽고 미안했다.

나는 한 발자국을 내딛으며 속으로 중얼거렸다.

"미안합니다."

나로 인해 상처받았을 사람들을 떠올리며 한 발자국 내딛으며 말했다.

"미안합니다."

원망했던 사람들을 떠올리며 한 발자국 내딛으며 말했다.

"미안합니다."

그렇게 나머지 걷기를 마쳤다.

지난 시간들은 헛된 것이 절대 아니었다. 잘못에 대한 대가를 치르는 값진 시간이었다. 잃어버린 시간이 아니라 오히려 기회의 시간이었다. 치러야 할 것이 더 남아 있다면 이참에 마저 치르고 싶다, 다 치르고 다 갚고 그랬으면 정말 좋겠다고 생각했다. 뉘우치지도 않고 어떻게 새날을 소망할 것인가.

> 진정한 뉘우침도 없이
> 적당히 새날을 맞으려고 했던
> 나쁜 버릇을 용서하십시오
> (…)
> 아직은 꽃이 피지 않은
> 3월의 나무들을 보면
> 누가 시키지 않아도 기도하며
> 보랏빛 참회의 편지를 쓰고 싶습니다[35]
> —이해인, 「이젠 다시 사랑으로」

분석심리학의 창시자 칼 융의 저작물을 읽고 토론하는 스터디 모임에서 만난 선배에게 물었다.

"남은 삶을 바꾸려면 어떻게 해야 할까요?"

웃는 얼굴이 소녀처럼 맑고 예쁜 선배는 미소 지으며 대답했다.

"하루 한 가지씩 좋은 일을 해 봐요."

그래, 하루 한 가지씩 좋은 일을 하자. 길바닥에 떨어진 쓰레기를 주워도 좋고, 경비 아저씨에게 큰 소리로 인사를 해도 좋고, 꽃에 정성껏 물을 주어도 좋고, 뭐든 좋다. 하나씩 둘씩 쌓아 가면 언젠가는 좋은 결과가 있지 않겠나. 같은 잘못 반복 않고 살아야지.


## 지금 이 순간이
## 최고의 순간

몹시 좋아하는 애니메이션 〈쿵푸팬더 1〉의 한 장면.

절망과 낙담에 빠져 있는 주인공 포에게 스승인 마스터 우그웨이는 말한다.

"어제는 지나간 것이고, 내일은 알 수 없는 것이고, 오늘은 선물이란다. 그래서 '현재'라고 하는 거야."("Yesterday is history, tomorrow is a mystery, but today is a gift. That is why it is called the 'present'.")

영어 단어 present에 '선물'이란 뜻과 '현재, 지금'이란 뜻이 둘 다 있는 것을 멋지게 활용한 표현이다.

'지금 여기', '오늘 이 순간'이 중요하다는 것을 모르는 사람이 있으랴. 알긴 알되, 그렇게 살기란 도무지 쉽지가 않다. 인간의 마음은 거의 언제나 '지금 여기'에 있지 않기 때문이다. 있는 건 현재뿐이라는 것을 머리로는 알면서도 마음은 항상 과거 아니면 미래에 가 있다.

나 또한 그랬다. 나는 언제나 걱정하며 살았다. 앞일을 걱정하고 또 걱정했다. 그럴 수밖에 없잖아, 라고 스스로에게 말하며 걱정을 내면화하고 일상화했다. 그런데 그 걱정이 되레 발목을 잡고 족쇄가 되곤 했다. 걱정 끝에 내린 결론이나 대책이 오히려 걸림돌이 되는 일이 다반사였다. 좁은 소견으로 만들어 낸 결론이나 대책이었기 때문이다.

걱정은 열린 마음, 열린 시야를 방해한다. 걱정 안에 갇혀서 주변을 둘러보지 못하는 탓이다. 시간이 흐르면서 걱정은 자연스럽게 해결되기도 하고 전혀 다른 모습으로 바뀌기도 하는데, 걱정 안에 미리 갇혀서 내린 섣부른 결론과 대책이 올바를 리가 없었다. 경직된 사고와 좁은 시야가 그릇된 선택을 하게 만들었다.

마음에 대해 공부하면서 얻은 가장 큰 수확을 들라면 '지금 여기'에 집중하는 연습을 하게 된 것을 꼽고 싶다. 세상에 거저는 없듯이 '지금 여기'에 집중하는 데는 꾸준한 연습과 훈련이 필요하다.

나는 매일 반복한다. 어떤 생각과 느낌이 일어날 때마다 얼른 알아차림을 하고, 아침에 일어나서는 30분간 호흡과 함께 스트레칭을 하고, 출퇴근길에는 모든 걸음을 온전히 집중하여 걷는다. 출근할 때 30분, 퇴근할 때 30분, 적어도 하루 한 시간은 거르지 않고 걷는다.

하루 일과를 마친 뒤에는 종일 수고한 몸을 위로해 준다. 편안히 누워서 심장이 있는 가슴께에 손을 얹고 애썼다, 수고했다 속으로 되뇌며 호흡과 함께 마음을 집중하면 손바닥의 따스한 기운이 속으로 스며드는 것을 느낄 수 있다. 이번엔 허약해서 늘 보살핌이 필요한 위장 부위에 손을 얹고 집중한다. 따뜻함이 온몸으로 퍼지면 부드럽게 마사지해 준다. 다음엔 싸륵싸륵 자주 아픈 아랫배에 손을 얹고 마음을 보낸다. 특별히 아픈 부분이 있을 땐 거기에 손을 얹고 한동안 따뜻함을 보낸다. 그렇게 해서 걸리는 시간은 대략 15분 정도. 15분으로 하루의 고단함을 충분히 위로할 수가 있다. 그런 다음 잠이 들면 깊이 잘 수 있어 좋다.

호흡, 알아차림, 걷기. 이것이 나의 일상에서의 연습과 훈련이다. 덕분일까. 힘들되 예전보다 덜 힘들어하고, 피곤하되 피곤에 먹히지 않는 자신을 발견한다. 늘 한 걸음 떨어져서 자신을 관찰하는 나를 발견한다. 생각이 많아지면 어느 틈엔가 생각을 멈추고 호흡을 바라보고 있는 나 자신을 본다. 그리고 어렵고 힘든 일에 맞닥뜨려도 심부가 흔들리거나 떨리거나 하지 않고 차분함을 유지할 수 있게 되어 참 좋다.

묵직하게 가라앉아 미동 않는 거대한 산처럼, 내 마음이 그러하다.

신기하지. 이렇게 힘든 일이 많은데도 미동 없이 고요할
수 있다니. 이런 마음가짐을 견지해야겠다. 이렇게
산다면, 남은 인생 고통스럽지는 않을 것 같다.

(2015. 6. 19. 일기)

호흡. 알아차림. 걷기. 이것은 모두 '지금 여기'에 집중하는
연습이다. 과거로 미래로 분주히 오가는 생각과 감정을 붙잡아
현재로 갖다 놓는 연습. 꾸준히 하다 보면 어느새 현재에 머무
는 시간이 늘어나 있는 자신을 발견하게 될 것이다.

미래는 오직 한 가지 재료, 즉 지금 이 순간으로만 만들어
진다.[36]
　—틱낫한, 『꽃과 쓰레기』

오늘 내가 만드는 나의 삶이 내일의 내 삶을 결정한다는 뜻
아니겠나. 오늘 이 순간 잘하면 내일이 좋아질 것이고, 내일이
좋아지면 그다음 날이 좋아질 것이고 쌓여서 미래가 좋아질 것
이니, 중요한 건 역시 오늘 이 순간이다. 이것이 있어야 저것이
있고 오늘이 있어야 미래가 있다.

그러므로 애달캐달하지 말고 담담하게 가자. 마음이 다급
해지거나 불안할수록 더욱더 지금 이 순간에 집중하자. 내일은

하늘에서 뚝 떨어지는 것이 아니라 오늘이 다해야 온다.

걱정 없는 삶이 어디 있으랴. 다만 걱정이 생겼을 때 그 포로가 되지 않고자 할 뿐이다. 내게 다가와 있는 일을 하나씩 둘씩 해 나가다 보면 인과 연이 닿아 무르익어서 무언가 일어나겠지. 성실하게 그러나 느긋하게, 다그치지 말고 관대하게, 경직되지 않고 부드럽게, 용쓰지도 말고 나 몰라라도 말고 자연스럽게, 그렇게 살자.

'즉시현금 갱무시절'(卽時現金 更無時節)이라 했다. 중국 당나라 때 선사 임제의 언행록인 『임제록』(臨濟錄)에 나오는 이 말은 바로 지금일 뿐 또 다른 시절이란 없다는 뜻이다. 순간순간, 하루하루를 만끽해야겠다. 지금 내가 숨 쉬고 있는 이 순간이 나에겐 최고의 순간이다.

오지 않는 일에 애태우며
지나간 일을 슬퍼하는
어리석은 사람들은 그 때문에 시든다네
낫에 잘린 푸른 갈대처럼[37]
—전재성 역주, 『쌍윳따니까야 1』

마음에는
쉼터가 필요해

몹시 피로할 때 주의를 집중하려고 애쓰는 것은 마치 지쳐
빠진 말을 언덕길을 향해 달려가도록 박차를 가하는 것과 유사
하다.[38]

— 릭 핸슨·리처드 멘디우스, 『붓다 브레인』

미국의 신경심리학자 릭 핸슨과 신경학자 리처드 멘디우스
의 말이다.

몸에 휴식이 필요하듯이 마음에도 휴식이 필요하다. 몸이
피곤할 때 편히 쉴 수 있는 장소가 있어야 하듯이 마음이 고단
할 때도 '마음 놓고' 쉴 수 있는 쉼터가 있어야 한다.

마음의 쉼터는 꼭 물리적 장소만을 뜻하지 않는다. 특정 장
소 외에도 어떤 활동, 어떤 것, 어떤 관계 등 무엇이든 될 수 있
다. 거기 있으면 내가 온전한 평안을 느끼는 그런 곳, 그런 일이
면 된다. 이를테면 좋아하는 카페의 좋아하는 자리(나는 바깥 풍
경이 내다보이는 커다란 창문 바로 옆자리를 좋아한다), 산책로에서
발견한 마음에 드는 벤치, 친구랑 수다 떨기, 맛집 찾아서 맛있
게 먹기, 그냥 걷기, 음악에 푹 빠지기, 그림 그리기, 종교 활동,
추억이 담긴 물건, 좋은 친구, 좋은 관계······. 가만히 숨만 쉬고

있어도 편안한 곳이 곧 마음의 쉼터다. 쉼터에 있을 때 우리 뇌에서는 안전하다는 신경회로가 작동한다.

인간의 뇌를 연구하는 뇌 과학자들에 따르면, 인간이 행동을 하거나 말을 하거나 생각을 할 때 뇌에 있는 관련 뉴런(신경세포)들이 작동한다. 인간의 뇌에는 수많은 뉴런이 있다. 그 수는 무려 약 1천억 개. 이 많은 뉴런들은 이어져 있는 것이 아니라 각각 따로 떨어져 있으며, 각 뉴런은 신경전달물질이라는 화학물질에 의해 다른 뉴런과 연결된다. 뉴런과 뉴런이 연결되는 지점을 시냅스라고 하는데 시냅스는 뉴런당 수천, 수만 개에 이른다고 하니, 무려 약 1천조 개의 시냅스가 우리 뇌 속에 존재하는 것이다.

어떤 행위를 할 때는 관련 뉴런과 뉴런의 연결이 활성화되고, 다른 행위를 할 때는 또 그와 관련된 다른 뉴런 연결이 활성화된다. 이를테면 숟가락질을 할 때는 그와 관련된 뉴런 연결이, 책을 읽을 때, 혹은 연인을 생각할 때는 제각각 그와 관련된 뉴런 연결이 작동하는 식이다. 이렇게 특정 활동과 관련된 일련의 뉴런 연결을 신경회로라고 한다.

독일의 신경생물학자 게랄트 휘터에 따르면, 뇌의 신경회로는 고정불변의 것이 아니라 접속의 종류, 사용 빈도수에 따라 달라진다.[39] 어떤 접속을 얼마나 자주 하느냐에 따라 변하는 것이다. 마치 아무도 다니지 않던 산속에 사람 발걸음이 잦아지면 오솔길이 생기고, 그 길을 더 많은 사람이 오가면 오솔길이 넓은 등산로가 되는 것과 같다.

만약 특정 행동이나 생각을 반복해서 하면 해당 신경회로는 자주 사용되어 강고해질 것이다. 숲속 가느다란 오솔길이 왕래가 잦아지면서 차츰 넓고 단단한 등산로가 되듯이. 만약 전혀 해 본 적 없는 새로운 행동이나 생각을 한다면 뇌에는 전에 없던 새로운 신경회로가 만들어질 것이다.

새로운 접속은 새로운 회로를 낳는다. 그 새로운 회로를 자꾸 사용하면 어찌 될까? 그것이 등산로가 될 것이다. 그럼 이전의 등산로는? 인적 끊긴 길에 수풀이 우거져 더 이상 길이 아니게 되듯이 사용하지 않는 신경회로는 쇠퇴하여 소멸해 버린다. 이렇게 인간의 뇌에서는 신경회로의 접속, 해체, 변화가 끊임없이 일어난다.[40]

그러니까 우리의 뇌는 나이와 상관없이 일생 동안 변화 가능한 것이다. 많은 심리치료 기법이 뇌의 이러한 메커니즘에 근거하고 있다. 똑같은 행동을 무한 반복하는 강박증을 치료하는 인지행동치료가 대표적이다. 이야기치료에서는 자신에 대해 갖고 있는 이야기가 바뀌면, 즉, 자신의 인생을 어떻게 바라보는지 관점과 생각이 바뀌면, 삶도 바뀐다고 말한다.

뿐만 아니라 손상된 신경회로가 있더라도 새로운 신경회로로 대체하여 잃어버린 기능을 되찾을 수도 있다. 이른바 뇌의 가소성이다.[41] 교육과 환경의 중요성도 새삼 확인된다. 어려서부터 음악을 듣고 자란 아이는 음악에 관련된 신경회로가 발달해 있을 것이며, 다양한 경험을 통해 다양한 신경회로를 발달시킨 사람은 한정된 경험으로 한정된 신경회로를 갖고 있는 사람보다 창의적이고 유연한 사고를 할 수 있을 것이다. 서울에서 강릉 가는 길을 고속도로 하나밖에 모르는 사람은 그 길이 막혀 버리면 세상 끝난 것처럼 어쩔 줄 몰라 하겠지만, 여러 가지 길을 알고 있는 사람은 금방 다른 대안을 찾아낼 수 있다.[42]

게랄트 휘터에 따르면, 익숙한 것과 전혀 다른 상황에 맞닥뜨려 기존의 신경회로만으로는 문제 해결이 어려울 때 사람은 스트레스를 느끼게 되는데, 이 스트레스 반응으로 일어나는 감정이 다름 아닌 불안이다. 불안이란 스트레스에 대한 반응으로 일어나는 감정인 것이다.[43]

그런데 스트레스에는 '컨트롤할 수 있는 스트레스'와 '컨트롤할 수 없는 스트레스'가 있다. 다행히 문제가 해결되면, 즉 컨트롤할 수 있는 스트레스는 불안이 자신감, 성취감 같은 긍정적 감정으로 전환될 수 있지만, 그렇지 않은 경우, 즉 컨트롤할 수 없는 스트레스는 심인성 질환의 원인이 될 수 있다.[44]

그러고 보면 나는 '컨트롤할 수 없는 스트레스' 앞에서 와장창 무너졌으며 그로 인해 심인성 질환까지 얻은 셈이다. 그전까지는 무난하게 스트레스를 컨트롤해 가며 살다가. 혹은 다행스럽게도 컨트롤할 수 있는 스트레스만 만났든지. 아니, 어쩌면 컨트롤할 수 있는 스트레스의 연속 속에서 살다가 에너지가 고갈되어 새롭게 다가온 스트레스를 컨트롤할 수 없게 되어 버린 것이었는지도 모른다.

그런데 컨트롤할 수 없는 스트레스의 장기 지속은 기존의 신경회로 접속을 전면적으로 해체시킨다고 게랄트 휘터는 말한다. 기존의 신경회로 접속의 전면적 해체는 뇌를 새롭게 재조직할 수 있는 기회이기도 하다. 완전히 무너뜨린 다음 새로운 종류의 전략과 반응을 세우는 것이다.[45]

나는 컨트롤할 수 없는 스트레스 앞에서 무너진 뒤 예전엔 알지 못했고 알려고도 안 했던 것들과 새롭게 만났으며, 예전엔 해 본 적 없고 시도해 보지 않았던 생각과 경험들을 하게 되었고, 전부인 줄만 알았던 세계가 실은 작은 일부일 뿐이라는 것을 깨달았으니, 내 뇌 안의 신경회로로 말하자면 기존의 접속들이 전면 해체되고 새로운 회로들로 대체된 셈이다. 그렇다면 나는 나를 무너뜨린 컨트롤할 수 없는 스트레스에게 고마워해야 할 것 같다. 새로 시작할 기회를 안겨 주었으니 말이다.

하긴, 예전엔 마음의 쉼터 같은 것에 관심조차 가져 본 적 없었다. 그러나 이제는 안다. 그것이 내 삶에서 얼마나 중요한지. 고단하고 팽팽한 긴장 속에서 하루를 마친 다음에는 마음의 쉼터를 찾아간다. 나의 쉼터는 '생각 멈추기'이다. 온종일 머릿속에

서 왕왕거린 생각의 소리, 그 스위치를 끄고 고요함 속에서 평
화에 젖는 것이다. 멍하게.

　　나는 오늘도 마음의 쉼터에 접속한다.


　　멍할 땐 멍하게 지내는 것이다.
　　멍함에 푹 빠져서 멍함을 즐겨 보는 것이다.

(2018. 2. 9. 일기)

여섯 번째
치유 일기

---

여섯 번째 노트.

(2015. 8. 20.)

---

칠석날엔 어김없이 비가 온다. 잠깐이라도 오는 비.
견우와 직녀가 1년 만에 만나서 흘리는 기쁨의 눈물이라지.
오늘이 칠석인 줄도 몰랐다. 절에 다녀왔다는 엄마의
문자를 보고서야 알았다.
여섯 번째 노트. 심신이 무너진 날로부터 5년째 쓰고 있다.
심리학에는 '기념일 반응'이란 것이 있다. Anniversary
Reaction. 뭔가 잊지 못한 일이 일어난 그 날짜가 되면,
당시의 고통이나 상처가 되살아나 다시금 괴로움을 겪게
된다는 것이다.
기념일이 되어도, 아니 기념일인 줄도 모르고 지나가야
비로소 치유되었다고 할 수 있는 것.
나는 아직도 기념일 반응을 심각하게 겪는 수준이다. ○월

○일이 다가오는 것을 달력에서 보는 것만으로도 가슴이
옥죄어 드는 것을 느낀다.

(2015. 8. 20. 오전에 잠깐 소나기)

- - - - - - - - - - - - - - - - - - - - - - - - - - - - - - - - - - - - - - - -

진실은 이기는 법이라고 말해 오긴 했지만
이겨도 너무 늦거나,
혹은 진실이 질 때도 현실에선 많다.

(2015. 8. 30. 맑음. 한차례 소나기)

- - - - - - - - - - - - - - - - - - - - - - - - - - - - - - - - - - - - - - - -

가을이 우기로 변했나. 계속 비가 오고 있다.
11월이 절반을 넘어서고 있다. 이렇게 비가 자꾸 내리면
나뭇잎이 너무 빨리 떨어져 버릴 텐데.
11월의 나뭇잎을 충분히 만끽하기도 전에 말이다.
가까운 공원에라도 다녀와야 할까. 더 떨어지기 전에.
오늘 비로소 여유를 찾았다.
심심? 아니 무료하다는 생각이 들 만큼의 여유.
숨차게 쫓기다가 갑자기 멈춰 서 있으려니, 이상한 그런
기분이다.

(2015. 11. 18. 비)

매일매일 일어나는 새로운 상황들.
심장이 두근두근 뛴다. 나의 심박 수는 분당 90회 정도.
너무 빠르다. 70회 선으로 내려야 해.
안 그러면 늙어서 무척 고생할 것이다.

세상은 내 맘대로 돌아가지 않는다.
사람들은 나처럼 생각하지 않는다.
사람마다 생각은 다 다르다. 백인백색.
그러므로 괴로워하거나 상처받을 일 없다.

(2015. 12. 23)

"여기가 심장 혈이 있는 곳이야." 그렇구나. 잠을 잘못 자서
근육이 아픈 건 줄 알았는데, 심장이 아픈 거였구나. 나의
심장이 그만큼 아픈 거로구나. 어깨가 아픈 꼭 그만큼.

(2015. 12. 28)

쉼 없이 누군가는 죽고 누군가는 태어난다. 그것이 인류의
역사야.

끊임없이, 지금 이 순간에도 누군가가 태어나고,
누군가는 죽는다. 인간만 그런 것이 아니다. 모든 생명,
아니 무생물도 마찬가지다. 쉼 없이 무엇인가는 죽고
무엇인가는 태어난다. 그렇게 우주자연은 이어지고 있다.
알 수 있는 것은 지금뿐. 지금 내가 존재한다는 것뿐. 내일
아니 1분 뒤에 무엇이 있을지는 아무도 모른다.

(2015. 12. 28)

---

글은 가장 좋은 친구?
내 생각을 무엇이든 그대로 받아 적어 주는, 세상에
다시없는 친구?
그래, 그렇겠구나.
다들 떠나도 글은 남아 있지. 옆에.
그런데 그 글마저 쓸 수 없는 때가 있다.
그런 시절을 보냈고, 보내고 있지. 나는.

(2016. 5. 4. 강풍)

---

힘든 것 다 지나갔다. 다 해냈다.
못 할 것만 같았는데, 다 해냈구나.

스스로에게 박수를. 위로, 그리고 격려. 칭찬.


지금은 멍해 있다.
아무것도 못 하겠어서.
휴식.
쉼이 필요하지. 나에겐.


숨만 쉰다. 깔딱깔딱.

(2016. 7. 5. 비)

- - - - - - - - - - - - - - - - - - - - - - - - - - - - - - - - - - - - - -

아, 행복하다!
편안하고.

(2016. 7. 8. 찬란하게 뜨거운 태양)

2016. 7. 8. 맑음. 찬란하게 뜨거운 태양.

아, 행복하다 !
평안하고.

7장

이제는
가야 할
때

## 홀로 존재하는 것은
## 아무것도 없다

아주 오랫동안 뱃속 한가운데가 뻥 뚫려 있는 기분으로 살았다. 무얼 해도 그 느낌은 사라지지 않았다. 언제나 마음 한쪽이 비어 있었으며, 그리로 찬바람이 불었다. 외로움, 불안, 공포 같은 고통스런 감정이 거기에 똬리를 틀고서 무럭무럭 자라나 있었다. '텅 빈' 느낌. 그것이 나의 고질병이었다.

그런데 그렇게 오랫동안 나를 괴롭혀 온 '텅 빈' 느낌이 사라진 건 일순간의 일이었다.

그날도 나는 한강변을 걷고 있었다. 따스한 오후였다. 부드러운 바람이 불고, 햇빛은 주름진 강물에 닿아 보석처럼 반짝거렸다. 마주 오는 바람이 내 얼굴을 슬쩍 어루만지고 지나갔다. 나는 마음을 걸음에 두고 천천히 걸었다. 어느만큼 걸었을까.

문득 주변이 고요해졌다. 시간이 멈춘 것처럼 모든 것이 고요했다. 소리도 움직임도 멎은 것 같았다. 순간 아, 하는 탄성이 절로 나왔다. 내 몸과 마음의 경계가 사라지고 나와 세상이, 나와 우주가 하나 되는 것 같았다. 하늘, 물, 바람, 공기, 햇빛, 그 모든 것과 내가 하나 되는 것 같았다. 지극한 충만감, 그리고 말로 표현하기 어려운 따뜻함과 평안이 느껴졌다. 나는 혼자가 아니었다. 온 세상과 함께였다.

그 뒤로, 뱃속 한가운데가 뻥 뚫려 있는 기분은 더 이상 느껴지지 않았다. '텅 빈' 느낌이 완전히 사라졌다. 그리고 이 글을 쓰는 지금까지, 고질병이던 그 '텅 빈' 느낌은 재발되지 않았다.

과학자들은 우주자연과 인간이 긴밀하게 연결되어 있으며, 자연은 연속체이고 인간은 그중의 한 존재라고 입을 모은다. 우리 몸을 이루고 있는 원소, 원자, 분자들이 행성과 항성을 이루고 있는 그것과 똑같다는 것은 익히 알려져 있다. 빅뱅이 수소를 낳고, 수소가 별(항성)을 낳고, 별이 다른 별을 낳고, 별이 생명을 낳았다고 물리학은 말한다.

생명의 기원을 연구하는 고생물학자 앤드루 H. 놀은 '우리가 곧 별'이라면서 이렇게 말했다.


내 몸속의 탄소는 우주에서 별이 만들어진 도가니에서 형성된 뒤 초신성이 되어 우주로 흩어지고, 지구가 생길 때 먼지나

바위와 함께 뭉쳐진 다음, 공기와 바다와 생물의 몸속을 거듭 돌아서—시아노박테리아와 공룡을 통과하고, 어쩌면 다윈의 몸도 통과했을지 모른다—마침내 한 고생물학자의 뇌 속에, 적어도 잠시나마 안착한 것이다.[46]

—앤드루 H. 놀, 『생명, 최초의 30억 년』

그러니까 내 몸을 이루고 있는 원소들은 오래전에는 다른 몸을 이루고 있었다. 혹은 구름을 이루고 있었다. 혹은 별을 이루고 있었다. 그리고 내 몸을 이루고 있는 원소들은 내가 죽으면 자연 속으로 흩어졌다가 시간이 흐른 뒤 다른 원소와 결합하여 다른 존재가 될 것이다. 바위가 될 수도 있고, 공기가 될 수도 있고, 물이 될 수도 있고, 생명이 될 수도 있다. 우주의 모든 존재는 그렇게 서로 연결되어 있다. 얼마나 멋진가. 별과 나, 우주와 내가 연결되어 있다니.

침팬지에게 수화를 가르침으로써 침팬지의 의사소통 능력과 감정 교류 능력을 확인케 해 준 미국의 심리학자 로저 파우츠는 말한다.

생물학이 우리에게 가르쳐 준 것이 하나 있다면 생물 종들을 이쪽 아니면 저쪽으로 나누는 것이 정말 무의미하다는 사실이다. 자연은 거대한 연속체다. (…) 모든 동물의 인지적, 감정적

삶은 단지 정도의 차이만 있을 뿐[47]

— 로저 파우츠·스티븐 투켈 밀스, 『침팬지와의 대화』

생물만 그럴까. 우리가 무생물이라고 부르는 것은 어떨까. 생물 또는 무생물이라고 칼로 자르듯 똑 부러지게 나눌 수 있는 걸까. 자연이 거대한 연속체라면 말이다. 지구물리학자 로버트 M. 헤이즌은 암석 즉 바위에는 생명의 원료가 되는 무수한 성분들이 포함되어 있고 이 성분들이 물, 공기 등과 만나 생명을 낳게 된다면서 "암석, 물, 공기가 생명을 만들었다"고 했다.[48] 우리가 무생물이라고 부르는 바위가 실은 생명과 무관한 것이 아니라는 얘기다.

돌이켜 보면 지금까지 내가 알아 온 역사학은 인간에 초점을 맞추어 인간을 중심에 놓고 세계를 그리는 것이었다. 거기엔 인간만 있었다. 그런데 인간 아닌 다른 생명을 연구하는 사람들의 관점은 훨씬 통합적이며 연속, 연계적인 것 같다. 그리고 겸손하다. 인간 중심, 인간 우월로부터 벗어나 있다. 자연의 일부, 우주의 일부, 지구의 일부, 생명의 일부로 인간을 본다. 당연한 것인데 신선하게 느껴지는 이유는 무얼까. 그 이유에 기왕의 인간 중심 연구의 속성이 담겨 있을 것이다.

우주자연의 일부요 만물 중 하나로 인간을 보면 정말 많은 것이 다르게 보일 것이다. 인간만의 고유한, 그래서 우월성의 근거로 믿어져 온 것들이 실은 다른 동물, 생물에게도 두루 공유되는 것이며, 인간만의 고유한 특징이라고 할 만한 것이 실은 없을지도 모른다는 사실에 맞닥뜨리게 될지 모른다. 인간은 다른 생물에 비해 조금 더 잘하는 것을 갖고 있을 뿐이다. 그 '조금 더 잘하는' 것이 인간의 문명을 만들어 냈다. 그러나 지구는 인간만 사는 곳이 아니라 생물, 무생물 할 것 없이 모든 존재가 함께 사는 곳이다. 그들이 없다면 인간은 어찌 될까.

내가 이 세상에 존재하기 위해서는 많은 것들이 있어야 했다. 그것들이 없었다면 나는 지금 여기, 이 모양으로 존재하지 않을 것이다. 그러고 보면 내가 세상에 존재한다는 사실 자체가 이미 내가 혼자가 아니라는 증거다.

나는 혼자 있는 것 같지만 혼자가 아닌 것이다. 강변에서 나는 그것을 느끼고 깨달았다.

날 저물어 가는 강변에는 하늘 빛깔과 물 빛깔이 완전히 똑같아지는 순간이 있다. 하늘과 물이 구분 없이 하나가 되는 순간이다. 그 순간은 몹시 장엄하고 아름답다.

이 세상에 홀로 존재하는 것은 아무것도 없다. 마음이 가볍고 맑다.

어떤 인생에도
비는 내리기 마련

지독히도 운이 나쁘다고 생각했다. 나름 열심히 산 거 같은데 왜 이런 일이 생겼을까, 내 인생은 왜 이런가, 탄식하며 원망과 분노를 품었었다. 그러나 이제는 알고 있다. 내게 일어난 사건은 '방아쇠'였을 뿐 무너진 근본 이유는 내 안에 있었음을. 흔히들 방아쇠를 원인으로 여기고 방아쇠와 그것을 당긴 상대를 원망하지만, 실은 그건 내 안에 있던 무엇인가가 밖으로 드러나는 계기일 뿐이다.

그런데 아이러니하게도 방아쇠로 인한 심신의 무너짐은 나에게 내 안 깊숙이 똬리를 틀고 있던 근본 이유를 발견하고, 성찰하고, 치료할 기회를 안겨 주었다. 만약 그 무너짐이 없었다면 나는 지금도 되풀이되는 고통의 반복 속에서 여전히 맴돌고 있을 것이다.

이제 나는 그토록 질기게 나를 괴롭히던 외로움, 불안, 공포를 느끼지 않는다. 영혼이 파들파들 떨리는 불안, 공포로 변했던 외로움은 자취를 감추었다. 속이 텅 빈 느낌도 완전히 사라졌다. 나는 더 이상 마음 의지처를 찾아 헤매지 않는다. 그건 밖에 있지 않았다. 마침내 나는 외로움이 두려워 반복하던 어리석음의 패턴을 깨고 단호히 결별할 수 있었다. 그리고 평안과 충만감 속에서 하루를 살 수 있게 되었다.

　　나는 혹독한 고통의 수렁에 빠졌으나 역설적으로 그로 인해 고통에서 벗어나게 되었으며 평안과 자유로움을 얻었으니 나를 쓰러뜨려 준 방아쇠에게, 방아쇠를 당겨 준 이에게 오히려 감사를 드려야 할 것 같다.

　　심리치료사 메리 파이퍼는 만족스러운 삶이란 비극이 없는 삶이 아니라, 자신이 갖고 있는 것에 감사하는 삶이라고 했다.[49] 비극이 일어났다고 해서 삶 자체가 비극이 되어야 하는 건 아니다.

　　아무 일도 일어나지 않는 인생이 있으랴. 나에게도 나쁜 일, 슬픈 일이 또 닥칠지 모르고 아마도 그럴 것이다. 그러나 슬퍼하거나 노하지 않고 담담하게 맞을 수 있을 것 같다. 자신감과 배짱이 생겼는지도 모르겠다. 와라, 내 겪어 줄게, 하는.

어떤 인생에도 비는 내리기 마련
어둡고 음울한 날도 있기 마련
(Into each life some rain must fall
Some days must be dark and dreary)
　―롱펠로, 「비 오는 날」(The Rainy Day)

새로운
시작

그대로였다. 커다란 간판을 단 길가 보리밥집, 언덕 아래 테라스 있는 카페, 아는 사람만 찾을 거 같은 골목 안 김치찌갯집, 다 그대로였다. 바뀐 것도 있었다. 일주일이 멀다 하고 들렀던 호프집은 사라지고 없었으며, 내가 일하던 건물의 1층에는 사무실 대신 찻집이 들어서 있었다.

한동안 이 동네에 올 수 없었다. 어쩌다 근처를 지나게 되면 걸음을 재촉하여 빨리 벗어나려 했으며, 차를 타고 지나갈 때면 일부러 고개를 돌리고 딴청을 피우곤 했다. 낯익을 뿐만 아니라 수많은 기억이 얽혀 있는 이름들과 마주칠 자신이 없어서였다. 나의 사십대 전부를 보낸 이곳의 기억은 소중했던 바로 그만큼 건드리면 아파서 눈물이 나는 취약점이었다. 내 마음속 아킬레스건이었다.

그러나 이곳에서 보낸 시간만큼의 시간이 또 흐른 지금, 나는 아무렇지 않게 골목을 기웃거리며 때론 기쁨의, 때론 아쉬움의 탄성을 지르고 있다. 그대로구나, 혹은 아, 없어졌네 하면서. 상처가 아물어 딱지가 앉고 딱지마저 떨어져 이젠 별다른 느낌이 없게 되었나 보다. 기억은 있되 아픔이 없었다.

시계를 보니 버스를 타야 할 시간이다. 새 책 출간을 위해 출판사 편집자를 만나러 가는 길이었다. 나는 다시 글을 쓰게 된 것이다. 드디어.

"뭐든 좋으니 엄마가 다시 글 쓰는 것을 보고 싶어."

언젠가 C가 말했다.

그땐 아무 대답도 하지 못했다.

파주 출판단지로 가는 버스는 예나 다름없이 빠른 속도로 자유로를 내달렸다. 이 버스를 마지막으로 탔던 게 언제였더라, 까마득했다. 9년 전인가 10년 전인가, 5월이었다. 매년 5월이면 개최되는 어린이책잔치 행사에서 열린 저자 사인회에 참석하기 위해 이 버스를 타고 출판단지에 내렸었다.

물류센터 북센을 지나 들어선 출판단지는 전과 다름없이 조용했다. 오후의 이곳에는 거리에 사람이 거의 없다. 다들 사무실에서 일을 하고 있으니 눈에 보이는 건 건물과 나무뿐이다. 나무마다 푸르름이 가득했다. 익숙한 이름의 출판사 건물들을 지나 목적지에 다다랐다. 찾는 건 어렵지 않았다. 아주 낯선 동네는 아니니까.

입구에서 문득 멈춰 섰다. 여기까지 오는 데 9년이 걸렸구나 싶었다. 그 9년 동안의 일들이 떠올랐다가 사라졌다. 길다면 길고, 짧다면 짧은 시간이었다.

숨을 고른 뒤, 나는 문을 열고 들어섰다.

행복, 기쁨, 평안, 고요, 미로, 즐거움, 유리

발견, 신선, 창신, 진지, 몰두, 예술,

미술, 언어, 웃음, 이르 씨앗의 불을 줄

있다, 자격. 내 마음밭의 불씨기. 어느

씨앗의 불을 줄 것인가는 순전히 내게

내게 달린 일이다.

즐겁다.

자자.

이로써 9년에 걸친 나의 치유 이야기는 마지막 장에 이르렀다. 나는 심신의 건강을 회복했고 다시 일을 하게 되었으며, 새로운 관계들을 맺게 되었다.

무엇이 낫게 해 주었냐고 묻는다면, 내가 거쳐 온 모든 것이라고 답하겠다. 명의는 마지막에 만난 의사라는 우스개가 있지만, 돌이켜 보면 어느 것 하나 무의미한 과정이 없었다. 처음 찾아간 심리상담소부터 정신과 치료, 심리학 공부, 걷기, 명상, 일기 쓰기, 독서, 여러 만남과 대화, 모든 것이 치유의 걸음이었다.

출발할 땐 한 치 앞도 보이지 않았으며 더디기 이를 데 없었다. 안개 자욱한 밤길을 엉금엉금 기는 것 같았다. 한 과정이 다음을 열어 주면 열어 준 만큼 가고, 또 다음이 열리면 열린 만큼 나아갔다. 그중 한 과정이라도 없었다면 오늘 여기에 이를 수 있었을까. 아닐 것이다. 그 모든 과정에, 그 과정에서 만난 모든 사람, 모든 존재에 감사드린다.

내가 거친 과정이 유일한 해결책은 결코 아니다. 사람마다 갖고 있는 문제가 다르고 치유의 길도 다를 수밖에 없다. 자신의 문제를 해결할 길이 무언지 찾아내는 것 자체가 다름 아닌 치유의 중요한 과정이다.

다만 그 길이 어떤 길이든, 놓치지 말아야 할 것은 희망이라고 말하고 싶다. 포기하지 않는 것이다. 나도 나을 수 있다, 좋아질 수 있다는 희망을 놓지 않는다면 길은 찾아진다.

나의 오십대는 지금까지의 내 인생에서 가장 힘들고 고통스러웠으나 역설적으로 가장 중요한 시기였다. 그 전의 나와 지금의 나는 많이 다르다는 것을 느낀다. 지금 나는 훨씬 평안하고 훨씬 자유롭다.

내 생각에 행복은 깔깔거리는 웃음이 아니라 조용히 짓는 미소 같은 것이다. 행복은 완벽함도 아니고 멀리 있는 것도, 밖에 있는 것도 아니다. 안에서 차올라 절로 느껴지는 것이다.

이제 육십대를 맞은 내 앞에는 어떤 일들이 펼쳐질까. 알지 못한다. 그러나 좋은 일, 기쁜 일이 많지 않을까 생각한다. 내 마음이 그렇기 때문이다.

꽃을 보고자 하는 이에게는 어디에나 꽃이 있다.

(Il y a des fleurs partout pour qui veut bien les voir) [50]

—앙리 마티스

남은 말은 감사함뿐이다. 괴로움의 늪에 빠져 있을 때 손 내밀어 주신 상담 선생님, 정신과 의사 선생님, 내 심장뿐 아니라 여기저기 아픈 몸을 회복시켜 주신 이유명호 한의원 원장님께 감사드린다.

　내게 새로운 관계, 새로운 세계를 선물해 준 테라로사 모임 친구들, 만나고 나면 마음이 깨끗해지는 명상 모임 선후배, 수업 자체가 치유의 시간이었던 교수님들, 동학으로 만나 함께 공부하고 고민을 나눈 이들에게 감사드린다.

　홀로 있는 내게 다가와 곁을 지켜 준 오랜 친구 추우천, 이은숙, 잊지 않고 따스함을 건네준 동료 이지수, 김선희, 무력감에 젖어 있을 때 생기를 불어넣어 준 독서 모임 성원들, 불쑥 찾아간 내게 희망을 불어넣어 준 친구이자 임상심리전문가 노혜영, 말이 필요 없는 위로를 느끼게 해 준 초등 동창생들에게 감사드린다.

10년 된 자동차를 데려다가 10년을 더 갖고 있는 변함없는 후배이자 동지 김숙경, 소소한 일상부터 광장까지 함께 나누는 생각샘 선생님들, 언제 만나든 어제 헤어진 것 같은 기여민 선후배, 묵묵히 지켜봐 준 여러 친구들에게 감사드린다.

이름을 다 말할 순 없지만 9년에 걸친 치유의 노정에서 만난 많은 사람들에게 이 자리를 빌려 감사드린다. 어느 만남 하나 무의미하지 않았다. 지금은 멀어졌으나 그 마음만큼은 충분히 알고 있는 이도 있다.

그동안 걸었던 길에서 만난 모든 존재에게 감사드린다. 하늘, 바람, 꽃, 강물, 갈대, 노을, 비행기 불빛, 어느 것 하나 무의미하지 않았다.

읽고 성찰하고 깨우치게 해 준 앞선 지식과 지혜에 감사드린다. 어느 구절 하나 무의미하지 않았다.

내게 작가로 다시 설 기회를 주신 돌베개 출판사와 권영민 팀장께 감사드린다. 인연은 쌓여서 이루어진다는 것을 새삼 느꼈다.

그리고 삶이라는 여정을 함께 걸어가는 가족들에게 무한한 감사와 사랑을 보낸다. 그들이 있기에 내가 여기 있다.

2020. 5. 15.
박은봉

참고문헌

1    미치 앨봄, 『모리와 함께한 화요일』, 공경희 옮김, 세종서적, 2002, p.192.

2    노라 마리 엘러마이어, 『나는 괜찮을 줄 알았습니다』, 장혜경 옮김, 갈매나무, 2019, p.64.

3    임세원, 『죽고 싶은 사람은 없다』, 알키, 2016, pp.132~133.

4    노라 마리 엘러마이어, 앞의 책, p.66.

5    위의 책, p.66.

6    이해인, 「어떤 결심」, 『희망은 깨어 있네』, 2010, 마음산책, p.69.

7    Kathleen Adams, *Journal to the self*, New York: Grand Central Publishing, 1990, pp.5~6.

8    강은주, 「글쓰기치료에 관한 이론적 고찰」, 『총신대논총』 제25호, 2005, p.296, p.300.

9    Linda Seligman·Lourie W. Reichenberg, 『상담 및 심리치료의 이론』, 김영혜·박기환·서경현·신희천·정남운 옮김, 시그마프레스, 2014, p.282.

10   윤세영, 「일상의 기적」, 『동아일보』, 2016. 3. 3.

11   동은, 『무문관 일기』, 뜰, 2011, p.146.

12   Provine, R. R., *Laughter: A scientific investigation*, New York:

Penguin, 2001, p.45.

13 위의 책, p.44.

14 이임선, 『몸과 마음을 치유하는 웃음치료』, 하남, 2010, pp.90~94, pp.103~106.

15 성승연·윤호균, 「심리치료에서의 탈동일시」, 『한국심리학회지: 상담 및 심리치료』, vol.17, no.2, 2005, p.272.

16 Zindel Segal·Mark Williams·John Teasdale, 『우울증 재발방지를 위한 마음챙김 기반 인지치료』, 이우경·이미옥 공역, 학지사, 2018, p.230.

17 위의 책, p.3.

18 위의 책, p.337.

19 mindfulness는 팔리어 sati를 번역한 것인데 sati는 '기억', '주의'라는 뜻으로서 '대상을 지켜보는 것', '대상에 마음을 두고 있는 것'을 말한다(강명희, 『마음을 다스리는 12가지 명상』, 담앤북스, 2018, p.340). sati는 한자로는 '염'(念), 우리나라에서는 학자에 따라 알아차림, 마음챙김, 주의집중, 마음지킴 등으로 번역한다(장진영·김세정, 「사띠(sati), 마인드풀니스(mindfulness) 그리고 염(念)의 수행상 의미변천」, 『철학연구』 138, 2016). 최근에는 마음챙김이 많이 사용되는 것으로 보인다.

20 Jon Kabat-Zinn, *Wherever you go, There you are: Mindfulness meditation in everyday life*, New York: Hyperion, 1994, p.4.

21 임세원, 앞의 책, p.69.

22 미국의 뇌 신경해부학자 질 볼트 테일러는 이 소리를 좌뇌 언어중추의 활동으로서 '뇌의 재잘거림'(brain chatter)이라고 했다(질 볼트 테일러, 『나는 내가 죽었다고 생각했습니다』, 장호연 옮김, 윌북, 2019,

p.25). 테일러는 뇌졸중으로 쓰러졌다가 회복한 자신의 경험을 책으로 펴냈다.

23 존 카밧진, 『마음챙김 명상과 자기치유 (상)』, 장현갑·김교헌·김정호 옮김, 학지사, 2005, p.102.

24 위의 책, pp.113~114.

25 강익원·조원제, 「규칙적인 걷기운동 참여가 중년여성의 정신 건강 상태와 건강 관련 삶의 질에 미치는 영향」, 『한국웰니스학회지』 11(1), 2016. 2, p.213.

26 메리 파이퍼, 『나는 심리치료사입니다』, 안진희 옮김, 위고, 2019, p.128.

27 Jon Kabat-Zinn, *Full catastrophe living: Using the wisdom of your body and mind to face stress, pain, and illness*, New York: Bantam Books, 1990, p.66.

28 Jill Freedman·Gene Combs, 『이야기치료의 이론과 실제』, 허남순·이경욱·여혜숙·오세향 공역, 학지사, 2006, pp.242~243.

29 우제선, 「인도 후기 유가행파의 수행과 깨달음」, 『보조사상』 41, 2014. pp.370~371.

30 틱낫한, 『꽃과 쓰레기』, 한창호·주영아 옮김, 2012, 이솔, p.16.

31 메리 파이퍼, 앞의 책, p.143.

32 David Brazier, 『선 치료』, 김용환·박종래·한기연 공역, 학지사, 2007, p.200.

33 고기홍·김경복·양정국, 『밀턴 에릭슨과 혁신적 상담』, 시그마프레스, 2010, p.34.

34 이윤주·양정국, 『밀턴 에릭슨 상담의 핵심 은유와 최면』, 학지사, 2007,

p.44.

35 이해인, 「이젠 다시 사랑으로」, 『다른 옷은 입을 수가 없네』, 열림원, 1999, pp.36~37.

36 틱낫한, 앞의 책, p.287.

37 전재성 역주, 『쌍윳따니까야 1』, 한국빠알리성전협회, 1999, p.31.

38 릭 핸슨·리처드 멘디우스, 『붓다 브레인』, 장현갑·장주영 옮김, 불광, 2010, p.270.

39 게랄트 휘터, 『불안의 심리학』, 장현숙 옮김, 궁리, 2007, p.44.

40 위의 책, p.26.

41 질 볼트 테일러, 앞의 책, p.108.

42 김대식, 『당신의 뇌, 미래의 뇌』, 2019, 북하우스, p.181.

43 게랄트 휘터, 앞의 책, p.53.

44 위의 책, pp.52~53.

45 위의 책, pp.139~140.

46 앤드루 H. 놀, 『생명, 최초의 30억 년』, 김명주 옮김, 뿌리와이파리, 2007, p.345.

47 로저 파우츠·스티븐 투켈 밀스, 『침팬지와의 대화』, 허진 옮김, 열린책들, 2017, p.459.

48 로버트 M. 헤이즌, 『지구 이야기』, 김미선 옮김, 뿌리와이파리, 2014, p.295.

49 메리 파이퍼, 앞의 책, p.99.

50 Henry Matisse, *Jazz*, Paris, Tériade, 1947.

치유
일기